DENMA

THE QUANX

5

양영순

네오카툰

chapter .14−2

God's lover

도대체 나를 나라고 말하는 존재의 정체는 뭘까?

복제된 의식 체계라면 스스로를 고드라고 인지하고 있는 나는 뭐냐고?

아, 고객님! 갑자기 독백하지 말고 방금 그 뇌전단 스캐닝…

그들이 옳다면 우린 단지 지극히 복잡한 생체 기계…

전혀 다른 물질로 이루어진 나를 무엇이 닥터 고드라고 규정짓는 거지?

나는 정말 나인가? 아니면 고드의 기억을 가진 전혀 다른 존재인가?

그 여러 가지 쓰임새 좀…

욕조 안에 있는 동안 많은 의문이 들었지.

그 모든 질문 앞에서 명확했던 건

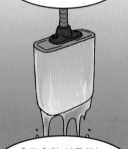

생존을 위해 앞만 보고 달려야 했던 그 건조한 기억들이

뽑힌 소켓은 더미라는 여러 가지 형태의 실험 로봇에 연결됐어.

고드라는 이름과 그와 관련된 단조로운 기억들…

초고용량 인공지능 메모리에게 존재의 의미를 계속 묻는 거야.

그 역시 기이한 경험이었지.

이봐, 그 소켓 몇 번이지?

아, 42번!

그나마 인간형 로봇의 경우엔

우웅

치익

촤아악

위화감이 덜했지만…

큭…

이잇…

더미에 적응해갈수록 나노혼합액 속에서 내가 인지하는 내 몸의 형태도 다양해졌어.

그 외의 더미들에 갇히면 정말 어쩔 줄 모르겠더라고.

당연히 이것은 내 사고 체계에도 영향을 주더군.

도대체 왜? 저것들은 무슨 권리로 나한테 이따위 실험들을 하고 있는 거지?

…라는 반발심은 계속 생겼지만 별다른 저항은 하지 못했어.

칙

지금 생각해 보니까

그들이 영양제라고 부르던 그 약물 때문이었던 것 같아.

극도의 쾌락, 더미와의 위화감도 줄여주고…

슈우우

파닥

파닥

그렇게 각종 더미에 내 의식 체계가 완전히 적응하자

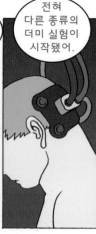

전혀 다른 종류의 더미 실험이 시작됐어.

기계가 아닌 생체…

바로 자네처럼 말이야.

8

오늘은 어떤 이름이 좋을까? 음… 그래! 제니!

그 정도가 좋겠는걸. 제니!

반가워. 난 폴이라고 해.

뭐야, 아까는 오늘 맥이라고 불러달라 해놓고선…

아, 그랬나? 뭐 상관없잖아?

이해하게, 더미를 여기저기 옮겨 다녔더니…

예? 그게 무슨…?

느끼고 있을 테지? 생체 더미가 주는 압박…

굉장하지?

이 몸, 저 몸 옮겨 다니다 보면 말이야. 점점 몸의 기억들이 모두 섞여버려서

나중에는 나처럼 자신이 원래 누구였는지… 흐릿해져.

얼마 전까지만 해도 이 정도는 아니었는데 요즘은 내가 개가 아니었다는 사실만 명확할 뿐이야.

응? 아니… 그냥 원래 말하는 개였던가? 아, 몰라! 몰라!

여기 있다 보면 다들 상태가 비슷해져 버려서 말이야.

자네가 몇 개의 생체 더미를 거치게 될지는

저기 저분들 결정이니까…

……

새로운 몸의
무의식적인
반사 작용!

텅

오케이!

월등한
신체 조건의
더미에서 경험한
몸의 영향력…

그리고…
자각하게 된 힘의
변화만큼

!

굉장해…

몸의 기억이라는 건
상상 그 이상이었어.

내가 몸을
제어하는 만큼
몸도…

대담해진
판단!

좋아,
싱크로율도
높고…

!

후다닥

탈출이다!

펑

이 정도면
앞으로 대여섯
더미만 더…

탈출은 첫 번째 더미에 있던

2주간의 정보 수집 결과였어.

어느새 완성된 엔젤 프로젝트…

맙소사! 이 멍청이들이 이걸 방화벽이라고… 물론 나야 고맙지.

겹쳐진 화면 사이로 내가 뭘 하고 있었는지는 그 누구도 몰랐을 거야.

뭐야, 여기 내부… 생각보다 단순한 반복 구조였네.

거듭 숙지한 보안 시스템의 사각지대…

시간대만 잘 맞추면 이곳에서 나갈 수 있어.

문제는 내부 보안 요원들, 화재와 같은 연출 상황으로는

자리를 뜨게 하는 데 한계가 있다.

결국 몇몇은 힘으로 제압해야 하는데… 어쩌지?

제3구역 이상 무!

타 다 닥

!

어쩌긴!

내게 이런 더미가 주어질 줄이야… 만세!

내부 네트워크 연결 끊고 정전!

됐어! 이제 암기한 동선 대로만…

!

정전… 인가요?

걱정 마. 여긴 독립 구조로 설계돼 정전 사태에 영향 없으니까.

헉

그런데 예상치 못한 공간이 동선을 가로막고 있었어.

뭐야, 여긴?

메이팅 샘플 준비 다 됐으니 자넨 구경만 해.

네, 박사님!

…메이팅?

매번 느끼는 거지만

우주평의회의 일급 기밀 사항을 내 마음대로 다룬다는 이 짜릿함!

……

!

근데… 메이팅이란 이 마지막 단계를 거치고 나면…

뭐 여러 가지 결과가 나오지.

더미 실험의 목적은 알고 있나?

네, 의식 체계의 유연성 강화와 자의식 약화…

그래, 그걸 통해서 의식과 의식을 융합하는 과정에서의 손실을 최대한 줄이려는 거야.

더미 적응 과정 없이 소켓끼리 바로 연결해 버리면

대부분 동기화돼 바로 붕괴해버리거든.

그럼 우린 왜 의식과 의식을 융합하려는 걸까? 뭘 얻으려고?

제 질문이…

여기!

!

15

짝을 이룬 100개의 메이팅 샘플 중에 1개 꼴로 나온다는

바로 이 결과를 얻기 위해서지.

초기 뇌전단 스캐닝 개발자들의 단순한 호기심에서 시작된 우연한 발견이었대.

다른 의식 체계를 가진 이 소켓들을 서로 연결하면 과연 무슨 일이 일어날까?

그런데 100분의 1의 확률로 나오는 이 결과가 처음 실험에서 바로 나와버린 거야.

운이 좋았다고 해야 할지…

이걸로 앞의 욕조를 들여다봐봐.

어떻게 보여?

왼쪽은…

검게…

오른쪽은…

하얗게요.

게오르그 필터로 본 쿵과 그 일대일 대응체인 쿵 전사체야.

네?

자연 발생이 아니라 메이팅을 통해

인공적으로 만들어졌지.

!

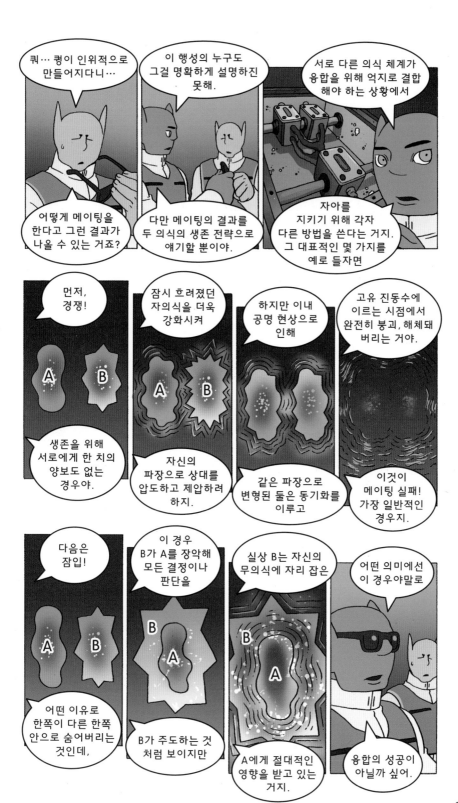

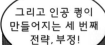

그리고 인공 쿵이 만들어지는 세 번째 전략, 부정!

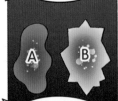

말 그대로 서로의 존재를 부정하는 건데 심화되면서 서로 다른 차원으로 갈라진다는군.

그리하여 같은 공간과 위치에 있으면서도

서로에게 영향을 주지 않는 다른 차원에 존재하는 상태가 되는데

이런 현상이 가능한 건

의식이 가지는 다차원적 속성 때문이라는 거야.

함께 있지만 그렇지 않은…

생존을 위해 일부러 명백한 물리적 오류를 만드는 거지.

그리고 그런 부조리는 몸의 물리적 오류로 연결되어

물리 법칙에 어긋난 능력이 발현되고

아울러 그 물리적 오류를 복구하려는 자연계의 반작용으로

쿵의 전사체가 나타난다.

…는 식으로 메이팅 결과를 설명하는 실정이야.

보통 자연적으로 발생하는 쿵을 언급할 때,

우주의 물리적 오류가 생명현상으로 나타난 경우라고 말하잖아.

뇌전단 스캐닝의 메이팅을 통해 우연히 그 일부를 흉내 내게 된 거지.

그럼… 어르신께서 쿵을 인공적으로 만드시는 목적은…?

뭐 뻔하지 않겠어?

우리와 같은 실험과 연구를 하는 다른 모든 행성들의 주인들과 같을 거야.

생명의 무한한 연장과 함께

가공할 무기들을 양산, 외부의 간섭 없이

지금 누리는 것보다 더 많은 힘과 자유, 쾌락을 위해서겠지.

무저갱보다 깊은 게 인간의 욕망이니까.

거기! 뭐야?

!

!

엇? 뒤통수에 소켓…!

치잇!

풋

훽

나 이런…

더미로 탈출 이라니…

꼭 이런 녀석들이 한둘 있단 말이야. 어떻게 해줄까?

다른 실험체들에게 교훈이 될 수 있도록 해야죠.

참, 소켓이 연결돼 있으니까 재밌는 걸 하나 보여줄게.

복구가 불가능한 메모리 커팅이란 테크닉이야.

기억의 연상 작용도 아무 소용 없지.

자, 메이팅에 관해 엿들은 구체적인 기억들은

치익

딱 요만큼만 도려내주지. 약오르게 말이야.

그…

그러니까…

……

예상치 못한 공간이 동선을 가로막고 있었는데…

……

우주평의회 일급 기밀…

메이팅이…

……

하여간 갑자기 탈출에 실패하게 된 거야, 난.

셀, 여기 폭파!

그리고…

……

다음 날부터 더미 뺑뺑이가 시작됐지.

그래, 우선 당장은 실컷 만져 보자.

여성 더미로 시작한 뺑뺑이는 그야말로 24시간…

탈주 우려 때문인지 건장한 남성 더미는 제외하더군.

하아아…

정말 잔인하게 돌리는구먼.

탈출한 대가를 톡톡히 치루게 할 셈인가봐.

아무리 그래도 저렇게까지 돌리는 건 처음 봐. 저러다간…

인체는 물론, 개와 고양이 같은 육상 동물에서

냐앙…

상어, 돌고래에 이르는 해상 동물에 이어

하늘을 나는 독수리까지…

기계 더미 때처럼 그 안에 있던 생체 더미들은 단 하나도 남기지 않았어.

그 과정이 끝나자 이제 반나절은 인체, 반나절은 동물.

그런 전례가 없었다더군. 소켓은 과부하…

자네, 생체 더미는 처음인가?

반가워. 난 샘이라고 해.

난 오늘… 이즈미! 반가워요.

……

꽉

이것들 봐. 이곳에 온 뒤로 난 계속 기분이 안 좋아.

누구든 하나만 걸리면 바로 끝장을 내고 싶을 정도로!

그러니 날 그냥 가만히 내버려둬.

나랑 눈도 마주칠 생각 말라고! 여자도 마찬가지.

뭐야, 무서워…

휙

상당히 터프한 친구네.

……

！

아…

이… 이봐, 자네 괜찮아?

쯧쯔… 눈빛이 완전히 갔어.

아, 이 자식들… 어느 정도껏 돌려야지. 소켓을 태워버릴 작정이야?

이봐! 친구!

이봐!

！

정신 차려! 자의식이 흐려지는 건 어쩔 수 없지만

그렇다고 정신을 놓으면 안 돼!

……

저기… 최근에 당신한테 가장 기억에 남는 누군가를 떠올려 봐요.

……

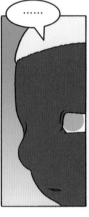
……

아니면 잊지 못할 나쁜 사건이나 기억이라도…

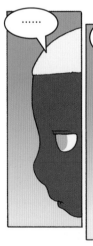
……

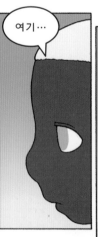
여기…

어디예요?

오, 이런…

맙소사…

팍스 중공업

행성 벨라?

X PAX

네, 이사님. 방금 저희 이브로부터 입수한 정보인데요.

이건 저희 의뢰인의 진술입니다.

생체 더미 코스가 끝나고 나면

메이팅이란 마지막 단계가…

&*#@^%*〉…

……

지금 저도 같이 듣고 있습니다만 본인이 직접 겪은 일이어서 그런지

상황 묘사나 정황이 꽤 구체적이네요.

유출된 뇌전단 스캐닝 기술이

악용된 사례라 판단됩니다.

벌써 이게 몇 년 전의 일이라니 지금은…

이사님께서 직접 나서주셔야 하지 않을까 해서요.

알겠습니다. 저희가 깨끗이 처리하죠.

귀한 정보 감사합니다.

아울러 우주평의회에 압력을 가해

행성 칼번의 쿵 부대도 해체 시켜야 하지 않을까요?

그런 예외가 하나 생기니까

개나 소나 몰래 숨어서 이런 실험들을…

프흐흐… 그러게 말입니다.

쓰레기 쿵 놈들 때문에 이 우주가 항상 시끄럽다니까.

......

아, 야와 님. 오해 마세요. 어디까지나 우리 외부의 쿵을 얘기한 거니까요.

네, 아무렴요. 그럼, 이만…

!

OFF

틱

셀, 인간이 다른 생명체들과 구별되는

가장 큰 특징이 뭔 줄 아니?

결코… 감사할 줄을 모른다는 거야.

밑 빠진 독 같은 종이지.

수고했어. 좋은 정보였다. 이번 일의 대가로

네가 치명적인 실수를 하더라도 한 번은 봐줄게.

냐하냐…

감사합니다!

OFF팟

유용해.

아주 적절한 정보야, 셀!

내가 왜 진작 그 생각을 못 했을까?

수정된 내 계획에 충분한 힘을 실어줄 수 있겠어.

아담의 밤?

크크크… 차라리 그 사건은 고맙기까지 할 거야.

나의 새로운 계획에 비한다면 말이야.

거의 자의식 붕괴…

…에 근접한 상황이었지.

네?

우리가 실험용 모르모트요?

통치위원회의 선택을 받은 V.I.P.라면서?

그런데 저 지경이 되도록 방치하는 건…

아, 아! 무슨 말씀이신지 알 것 같네요.

어떻게 할까요? 책임자를 불러 드릴까요?

아니면… 영양제를 하나 더 드릴까요?

아, 이런 걸 기대하고 꺼낸 얘긴 아닌데…

어쨌든 고맙소.

훅

훅

오케이!

외부 자극에 아직 반응하고 있어.

자의식은 멀쩡해. 단지 지나치게 말랑말랑 해진 것뿐이야.

다음 주 메이팅에는 별 문제 없겠군. 재밌는 샘플이 될 것 같아.

영양제나 하나 놔줘.

네, 박사님.

그 많은 더미를 거치고도…

42번 이 친구, 꽤나 인상적인 샘플인걸.

치익

여기가 어디냐는

의문까지 사라지더군.

그렇게 난…

모든 것이면서

아무것도 아닌…

형태가…

영양제 때문이야.
대뇌피질 전체를 같은 강도로
활성화시키자, 각 신체 부위에
해당하는 뇌의 감각 영역
크기의 비율이

갑시다.

새 더미로군.

잠시
그대로 몸에
투사돼서…

대체 매일 어디서
이렇게 꾸준히 공급되는
거죠?

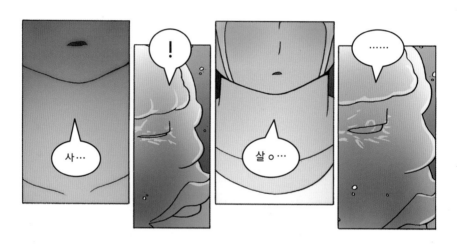

타다닥

허억…

허억…

……

!

보안 구역에 변화가 생겼지만 충분히 가능해. 문제는…

이 더미로는 경비원들과 몸싸움이 어려울 것 같아. 다른 방법을…

그래, 네가 좋겠다.

?

…뭐?

어쭈! 눈 안 깔아?

퍽

퍽

기분이 계속 더러워서 말이야.

퍽

퍽

퍽

한 놈 걸리면 끝장을 내기로 했거든.

그런 봉변을… 정말 어처구니없는 놈이었지.

영문도 모른 채, 정신없이 맞았어.

뭐야, 이 미친놈! 다짜고짜…

퍽

퍽

퍽

그때 또렷하게 떠오르는 하나의 더미 이미지!

그건 자의식이 또렷이 회복되자

거쳐온 더미들에 대한 기억들도 선명해진 결과였는데…

크흑! 그 격투기 선수였다면…

퍽

퍽

맞으면 맞을수록 그 더미가 아쉬웠지.

30

그런데 머릿속의 그 이미지가 명료해지자

마치 그 더미가 몸 안으로 들어온 듯한…

몸에 변화기 생기는 느낌이 드는 거야.

불끈

텅

……

의식에 남겨진 더미의 기억…

그 몸의 이미지를 강하게 되새기자

의식이 그 기억을 이 몸에 다시 투사하는 거야.

…그렇구나!

물론, 격투기 선수의 몸처럼 변하지는 않아.

하지만 상황 판단 속도, 심장 박동, 혈류량 배분, 근육의 긴장도 등…

끄륵…

몸은 그 기억 속 이미지들을 최대한 흉내 내는 거지.

허억…

허억…

!

높다… 설계
도면과 달라.

바닥이
잔디라지만
뛰어내리기엔
다소…

컹

컹

컹

헉…!

……

그때,
머릿속에 떠오르는
더미 이미지
하나…

!

고양이…
내 더미였던
플라잉캣!

일반
고양이와는
달리

15m 높이
에서도 착지가
가능하다.

플라잉캣!

몸의 반응을 이해하면서
생긴 자신감과 함께…

이미지,
이미지…

다시 붙잡히면
영원히 나오지 못한다는
공포가 날 그 높이에서
떠밀었지.

꽈득

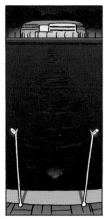

......

AW3579...

틱
틱

지잉

목적지를 말씀...

켄벨 유품 보관소!

보통...
소켓은 기본적으로
위치 추적 기능이
있어.

붙잡히지 않으려면
가장 먼저 제거해야
했지.

그 작업에
필요한 건 소켓에
연결할 단자.

!

내 집 사물함에는
적당한 재료들이
충분했거든.

사망 이후
절차에 따라
내 집기들은 모두
유품 보관소에...

뭐? 엔젤 계획의
책임자였다고?

탈출이 가능했던
것도 그 때문인 것
같습니다.

이거야 원...
고양이가 생선
시장에 풀린
꼴이잖아.

엔젤 타운 쪽과
군경에 협조 요청을...

안 돼! 그랬다간
우주평의회의 안테나에
걸리고 말아.

......

이번 일은
이런 일을 흔적 없이
조용히 처리해온

그 큉 친구에게
맡겨야겠어.

유품 보관소는 사망자가 쓰던 집기와 소품을

연고자에게 인도될 때까지

오케이! 이것들로 충분하겠어.

한시적으로 보관해주는 곳이지. 그런데 그곳에서…

!

정말 하나도 빠뜨리지 않고 고스란히 옮겨놨구나

…싶어지는 물건을 발견한 거야.

그녀가 뛰쳐 나가며 두고 간 가방…

그리고 그 안에서…

알러뷰, 메이!

메이 체리 블라섬!

ZZZ…

움직여! 머뭇거리다간 붙잡힌다.

위치 추적 기능을 제거하기 전까진 쉴 수 없어.

지금 당장…?

우거 우거

그건 좀 힘든데…
보수가 더 오르면
모를까…

아, 얘기할 땐
그만 좀 먹게나!

시간을 다투는
일이야. 돈은 신경
쓰지 말고

한시라도
빨리 해결해줘!
흔적 없이!

네.

우걱 우걱

……

……

오케이!
찾았다!

틱 DEL

후우우…

위치 추적 기능을
제거한 뒤,

슉

네트워크로
더미의 신원도
만들었지.

안전을 위해
다른 차로 갈아
타고…

드디어
탈출 성공!

[AUTO]

하아아…

안도감…
그리고
몰려드는

극도의
피로…

우선은
도심지 외곽의
폐차 타운에서 잠시
쉬어야 했어.

ZZZ…

……

홈… 그러니까 이 환자와 같은 약품에 노출됐다고?

당신들은… 화학자나 의사 같은 거야?

답하고 싶지 않은 질문이야.

자네 일이나 집중하게!

…아, 네!

짹!

쫑!

쿵

쿵

이미지 저장하고…

위치 정보가 끊긴 곳이 그리 멀지 않으니까!

부지런히

쏙

쫓아가자.

쏙

발견 즉시 연락하고!

훽

……

……

뭐가… 좋을까?

……

아니야. 이런 것들로는…

의뢰인이 내게 짜증을 내서 말이지…

그래, 이게 좋겠다.

타깃의 머리라도 날려버려야 내 기분이 좀 풀리겠어.

어느새 날이 밝아오고 있었지.

크윽…

나를 잠에서 깨운 건 극심한 통증.

온몸의 근육과 뼈 마디마디…

몽둥이찜질을 당한 듯한 아픔에 고열까지.

그건 더미 본체의 반응이었어.

다른 더미들의 이미지를 흉내 내느라 본체의 신체적 한계를 넘어섰던 거야.

몸의 어딘가… 근육들이 파열됐거나

관절이나 뼈가 몇 군데 부러졌을지도 모를 상황.

말로 표현하기 힘든 통증…

정말 꼼짝도 못 하겠더라고!

프헤헤헤헤…!

띠리릭

CALL

!

통통 부어오른 손가락부터 조금씩 움직여봐야 했어.

다행히 관절에는 이상이 없는 것 같아.

!

스윽

후우우…

이제 남은 일은…
이 더미의 얼굴을
성형하는 것.

새로 만든 신원
이면 지하클리닉에
접근하는 데

별문제
없을 거야.

그러고는
아주 잠깐…

어떤 얼굴이
좋을까 하는 생각이
스쳐갔지.

맙소사…!
내가 지금 무슨
생각을…

움직여! 어서
가서 진통제
라도…

끼럭

덜컥

크흑!

!

하이!

바이!

투
하

지금 생각해도 그저 놀라워.

그걸 어떻게 피했는지 말이야.

어쩌면 그 반사신경은 본체의 것이었는지도 모르겠어.

텅

타닥

촤악

오, 빨라!

뭐… 뭐야? 쿵? 쿵인 거지? 놈들이 보낸.

맙소사… 날 잡으려는 게 아니라 아예…

제기랄!

이미지… 이미지!

치클

치클

아항…

투학

퍽

……

어디…

슉

응?

큭!

콱악

콱

아악!

크흑!

콱지

그러게.

텅

텅

퍼 억

그 높이에서 용케…

그런데 떨어질 때 문제가 생겼던 모양이야.

허리 아래로는 더 이상 감각이 없더라고…

크으윽…!

그 상황에서 내가 할 수 있는 거라고는…

네트워크로 제어할 수 있는

주변의 모든 가능성을 확인하는 것!

크아아아악!

내 팔! 이 빌어먹을 쥐새끼가!

좋아, 네놈은 아주 특별히 처리해주지.

쫑!

!

……

탁

틱

화르르르

42

뭐야? 지금 뭔가 잔재주를 부린 모양인데…

소용없어!

파다닥

쭝은 날 닮아 먹는 걸 아주 좋아하지.

차이가 있다면…

이 녀석은 뼈까지 몽땅 씹어 먹는다는 거!

보통은 시신을 흔적 없이 먹어 치우지만

네 경우는 먹어치우면서…

시신으로 만들어줄게.

바이, 바이!

콰직

으읏!

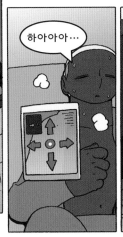

하아아아…

쩔꺼

쩔꺼

쩔꺼

44

짜잔~
성공!

제기랄!
방심한 사이
쓸데없는 이야기에
집중해버렸다.

네트워크를 더미로
쓴다는 건

어떤 의미에선
다른 차원의 메이팅
이기도 한 것 같아.

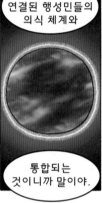

네트워크로
연결된 행성민들의
의식 체계와

통합되는
것이니까 말이야.

설마… 기억
못 하는 그 메이팅
결과가

이런 종류는
아닐 테지?

각설하고,

나는 그야말로
네트워크에
흩뿌려졌다

…는 표현이
적당하겠지?

고드라는 인성은
희미한 흔적만 남고
완전히 해체돼
전혀 다른 존재가
돼버린 느낌…

하지만
이번에도 날
깨운 건 각인된
트라우마.

자네,
네트워크에서
살인과 연관된
단어가 얼마나
자주 쓰일 것
같나?

……

하루 종일
단 한 순간도
끊기지 않고

행성민들에 의해
사용되고 있더군.

바로 그게
네트워크 안에서
고드라는 자의식이
사라지지 않았던
이유야.

그 키워드가
매 순간 나를 일깨우고
그런 순간들이 모여

연속성을 가진
또 다른 형태의
생명현상을 유지하고
있는 거지.

처음에 나는 어디에나 존재하고 어디에도 존재하지 않는

전혀 다른 차원의 존재감을 느꼈어.

내가 어떤 상태였는지 짐작이 가나?

아, 자꾸 묻지 말고 그냥 얘기해!

그러고 보면 유사 이래, 치명적인 질병, 불가항력의 자연재해나

피할 수 없는 운명 같은…

이 막을 수 없는, 예고 없는 살인자들을

우리는 신이라는 이름으로 숭배해왔잖아.

그럼 역시 그런 존재감을 느끼기에 나는

어느 정도 자격을 갖춘 셈… 이었달까?

나는 신이 됐던 거야. 절대 자유를 얻었지.

근심 없는 완전한 해방…

하지만 그런 내가 도저히 견딜 수 없는 게 하나 있었어.

그것 때문에…

네트워크 안에서 신으로 머물던 나에게

고드라는 인성이 또렷이 자각되자,

그 인성을 놓치지 않으려고 미친 듯이 발버둥 쳤어.

그 견딜 수 없는 신성이란 바로…

절대 고독.

고독이라면 나도 한 자부심 했었는데 말이야.

인성이라는 찌꺼기를 가진 내가

감히 감당할 수 있는 그런 수준의 것이 아니었어.

40억 행성민들의 고독을 합친 것 보다 더 큰.

내가 경험한 신은…

인간보다 훨씬 더 외롭더라고.

......

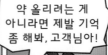

뭐가 응이야?

갑자기 혼자서 헛소리나 실컷 늘어놓고서…

약 올리려는 게 아니라면 제발 기억 좀 해봐, 고객님아!

그게 말이 돼? 네트워크 안에서 신이 됐다며?

응!

그런 거 말고 뇌전단 스캐닝이랑 메이팅 좀 더 설명해 달라니까!

아, 이 총각이… 정말 기억 안 난다니까!

그럼 그 시술한 놈들 가만 안 됐을 거 아냐?

크흑! 날 살해하고 실험용 쥐로…

분명 처음엔 끝장을 보려고 했지.

치클

치클

네트워크 연결이 끊긴 그 더미 실험실은

아바타 로봇으로 다시 찾아가보니 이미 사라지고 없더군.

수고 끝에 집사라고 불리는 책임자…

놈의 메세지만을 확인할 수 있었어.

조사 결과, 놈은 마지막에 소켓 정보들을 모두 네트워크로 전송했다고 한다.

전문가들은 자의식이 네트워크 안에서 그렇게 흩뿌려지면

자아가 완전히 해체돼 걱정할 필요가 없다지만

전문가들의 의견이라 신뢰도가 많이 떨어져.

그래서 오늘부로 이곳을 완전히 폐쇄한다.

어르신의 새로운 지시가 있을 때까지 당분간 우린…

50

하지만 이내 놈들과 더 이상 엮이면 안 될 분명한 이유…

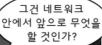

그건 네트워크 안에서 앞으로 무엇을 할 것인가?

…라는 질문의 답변이기도 해.

인성을 가진 신으로서…

내게 빼앗긴 미소를

되돌려주고 끝까지 지켜줄 것!

내가 그들과 충돌하게 된다면 놈들은 내 시선을 쫓아 그녀를 발견하게 될 거야.

그럼 그녀까지 위험해져.

바이러스나 일시적 오류의 형태로 숨어 놈들에게 절대로 드러나지 않기!

분통 터지지만… 그녀를 지키려면 그게 최선이었어.

하지만…

그럼에도 불구하고

반드시 찾아내 똑똑히 내 의지를 전해주고 싶은 인간!

이 모든 일을 계획하고, 배후에서 조종하며

이 행성의 모든 법과 질서 위에 있는 자!

본인을 이 행성의 살아 있는 신이라고 생각하는 가장 오만한 인간!

바로 이 행성의 주인 말이야!

도대체 어떻게 생겨먹은 놈인지 내 두 눈으로 똑똑히 보고 싶더라고!

그리고 마침내…

놈을 찾아냈지!

어쩌긴, 우선 그 제약회사 주식을 몽땅 사라고 해.

처음으로 놈과 대면한 장소는 뜻밖에도 도서관.

손실은 바로 메워질 거야.

바이러스 뿌려놓고 몇 죽어나가면

나머지 보고는 집에서 받을게.

네, 어르신!

!

벌써 청소 끝났니?

헤엑

!

도서관 사서라…

뭐 어떤 의미에선 적절할지도.

뭐? 너, 지금 갑자기 무슨 소리야?

행여 말실수로 놈이 뭔가 눈치채면 안 되니까

그냥 다짜고짜 싸대기를…

짝

짝

짝

생각할수록 열 받는 거야.

이… 이게 미쳤나?

왜 그래? 너, 뭐야?

너보다 센 놈!

뭐?

재밌냐? 응?

짝

짝

짝

그렇게 놀면 재밌냐고?

지금 손님 머리 가지고 장난해? 이게 뭐야?

이 꼴로 가서 행사 망치라고? 너, 손해 배상할 능력 있어?

엉? 말해봐! 어서! 말해보라고! 너, 능력 돼?

쿡 쿡

죄… 죄송 합니다.

마담, 제가 대신 사과드릴게요. 부디 노여움 푸시고…

대체 직원들을 어떻게 뽑길래 이따위야?

내가 두 번 다시 오나봐라!

탕

……

후우우우…

……

……

그동안 수고했어, 메이 양!

앞으로는 다른 종류의 일을 찾아봐.

너와 네 주변 사람들을 위해서.

!

어느덧
1년 6개월…
만의 재회.

냐옹~

……

누가 이런 곳에 디지털 펫을…

너…

버려진 거니?

입체 모드가 안 되는 걸 보니 많이 굶은 모양이구나.

지갑에 현금이 남았으려나?

틱

0001

스윽

1000

자!

콱

……

더 줄까?

냥!

덥석

여전히 상냥해…

냥냥

물론, 난 버려진 디지털 애완동물로 그녀와 대면했지.

냐앙~

귀여워…

냐앙~

미안.

더 이상 네게 피시 콘을 사줄 여유가 없구나.

그때 문득 그녀의 해진 신발이 눈에 들어왔어.

네트워크에 기록된 지난 1년 반, 그녀의 삶…

내게 받은 충격으로 엔젤 타운을 떠난 그녀는

다른 도심지로 나가 쉬지 않고 일해왔더군.

잠시라도 쉴 틈이 생기면 분노와 우울한 · 감정에

휩쓸리게 될까 두려웠던 모양이야.

무엇보다 그럴 만한 경제적인 여유가 없었지.

엔젤 타운 입주금으로 썼던 대출금의 이자 때문에…

누구에게도 말할 수 없는 속앓이로

일에 대한 집중력은 계속 떨어져가고

전혀 위로받지 못한 채 점점 지쳐간 거야.

자신이 두고 간 마스코트를 눈앞에 두고도 못 알아볼 만큼…

냐앙…

좋은 새 주인을 다시 만나게 될 거야.

그러니 힘내렴.

……

그래…

힘내.

문제를 해결하는 가장 빠른 방법!

차르르르

팅
!

냐앙!

!

오케이! 마침 근처에 있다.

…따라 오라고?

어딜 가는데?

냐앙…

......

이런 것도 먹니?

냐앙! 냥~

아니야, 사람 잘못 봤어.

나, 복권 같은 거 사는 사람 아니야.

이제 보니 너...

복권 판매용 삐끼 콘?!

냐아아앙!

알았어. 알았어. 은혜를 원수로 갚는 고양이야.

하지만 너한테 내 차비까지 전부 줘버린걸.

!

우에엑

......

그래, 도로 내뱉는 걸 보니 호객 콘은 아닌 것 같구나...

1000

보자, 당첨금이 얼마나 되는 거야?

와, 이 정도면 빌딩 수십 채는 사겠다.

ㅊㅊㅊ

이제 됐니? 집까지 꽤 걸어야 하니까 이만!

부디 좋은 주인 만나길 바랄게.

결과를 확인하세요.

......

......

오, 최곤데…

아, 뭐… 신이니까 좋아하는 여자한테 그 정도는…

우쭐대는 꼴은 재수 없는데 사랑합니다, 고객님!

근데 한 가지 걱정이 생기는 거야.

느닷없는 큰 행운으로

그녀의 삶이 갑자기 흔들리진 않을까 하는…

밤새 당첨 사실을 재확인하며

들뜨고 설렌 모습을 보니 괜히 더 불안해지더라고.

ZZ…

......

…그래!

어쩔 수 없다! 도움이 필요해!

뭐가 어쩌고 어째?

이 잡귀신이 씨나락 까먹는 소리 하고 자빠졌네!

우리 메이한테 무슨 짓을 한 거야? 이 망할 자식!

......

아, 쫌! 내 얘기 끝까지 들어!

좌아악

휘익

크아악! 고추 안 치워?

그녀의 외삼촌이자 내 유일한 친구…

대머리 독수리에게 그동안의 일들을 얘기했지.

물론, 네트워크 더미와 관련된 결정적인 몇 가지 사실은 빼고 말이야.

그러니까 네가 곁에서 흐트러지지 않게 지도해.

지금 그 아이한테 무슨 짓을 하고 있는지 알기나 해?

아, 뭐 어쩌라고? 물은 이미 엎질러 졌는데!

크흑! 네가 지금 내 눈앞에 살아 있었다면

바로 싹 죽였을 거야!

……

제기랄!

녀석은 그녀에게 우선 1년간의 크루즈 세계 일주를 제안했어.

네게 대단히 의미 있는 시간이 될 거라 믿는다.

흠… 나쁘지 않아.

꺼져! 이 악귀야!

네, 외삼촌. 그렇게 할게요.

그 제안은 그녀가 자신의 인생에 대해

보다 크고 넓은 시각을 갖게 하려는 바람.

행성 내 각국의 다양한 삶과 문화, 지리 등을 여러 가지 프로그램들을 통해 경험해나가면서

그녀는 조금씩 달라지고 있었어.

동반 여행객 대부분은 사회적으로 성공했거나 은퇴한 부자들, 외행성의 여행객들로

젊고 상냥한 그녀는 금세 주목을 받았지.

친분이 쌓이자 서로 그녀의 멘토가 되겠다고 나서는 거야.

이봐, 거기 책 읽는 아가씨!

제기랄!

!

빌어먹을 할망구!

……

날 좀 도와주겠어?

그래, 고맙군.

아가씨는… 벨라 행성인이야?

네…

흠… 당신들 벨라민들은 외행성 손님들을 눈곱만큼도 배려하지 않아.

의족에 들어가는 부품 하나 구하는 데 1주일이라니…

앉은뱅이로 1주일이나 방치해놓고… 영향력 없는 외행성인 이라고 사람 무시하고 있어. 흥!

도우미 로봇이나 멍청한 크루즈 직원들은 싫단 말이지.

그러니 아가씨가 당분간 날 좀 도와. 혼자서는 거동이 힘들어서 말이야.

…네?

그건 좀 곤란…

곤란? 벨라민이면 나 같은 외행성 여행객에게 친절해야지!

난 당신들 주머니를 불려주는 손님이라고!

이름이 뭐야?

……

아직도 믿어지지가 않아.

아침에 눈뜰 때마다 꿈에서 깰까봐 불안해.

냐앙~ 냥! 냥!

그래. 고마워. 깜둥아.

네가 가져다준 행운, 소중히 할게.

이곳에서 새로운 사람들을 만나면서…

다른 꿈을 갖게 됐어.

그제서야 알게 됐지.

그녀가 선택했던 헤어 디자이너…

그건 그녀가 성장한 환경에서 접근할 수 있었던 현실적인 꿈.

이전에 접할 수 없었던 세상과 만나면서 그녀는 새로운 꿈을 꾸게 되더라고.

……

만지고 느끼고 싶다…

!

도대체…

그 괴팍한 할머닌… 정체가 뭐람?

으윽! 열 받아!

그 할망구…

나?

내가 누구냐고?

말했잖아. 벨라민의 도움이 필요한 외행성 여행객이라고.

처음엔 그녀도 그 무례한 늙은이의 요구를 거절하려 했어.

하지만 몇 번 대화를 나누면서

두 사람은 어느새 할머니와 손녀 사이처럼 가까워진 거야. 크흑…

그래, 메이는 여행이 끝난 뒤에 뭘 할 거야?

대학에… 진학하고 싶어요.

하고 싶은 공부가 생겼거든요.

쿨럭!

쿨럭!

그래?

학교는 정했니?

아뇨. 아직… 알아봐야죠.

세인트 테트라 대학은 어때?

네? 그런 명문 학교… 갈 수만 있다면야 당연히…

오케이!

하하… 지금 뭐 하세요?

네, 이사장님. 지금 통화 가능 하신가요?

물론입니다. 말씀하시지요.

그 할멈이 무슨 일을 꾸미려는 건지 전혀 알 수 없었지.

인터뷰 잡아뒀어. 10월 15일이라는군.

크루즈 일정이 끝나고 2달 뒤야, 잊지 마.

……

메이 양, 도움이 필요하면 언제든 전화해.

많이 그리울 거야.

초대할 테니 꼭 와줘.

어느새 크루즈 여행이 끝나고

일상으로의 복귀.

외삼촌, 잘 다녀왔어요.

그녀는 곧장 대학 진학을 위한 자료 수집에 몰두하더군.

세계 일주를 통해 새로운 비전을 갖게 된 그녀는 목표에 집중했지.

이런 곳은… 입학이 어렵진 않겠지만…

여긴… 입학 사정관들과의 면담이 100%…

!

St.TETRA

세인트 테트라 대학은 어때?

인터뷰 잡아뒀어. 10월 15일이라는군.

설마…

이런 명문대에서 다짜고찌 면접이라니…

말도 안 돼!

그 할머니가 농담을…

툭

전혀 예상도 못 했다고!

망할 할망구! 뜬금없이 나타나서는!

CAFÉ

안녕, 메이 양! 잘 지내고 있는 거야?

아, 할머니…

이제 면접까지 한 달이네. 짐 싸서 이곳으로 오렴.

한 달간 인터뷰 특훈이다.

네?

반신반의…
처음엔 그저 인사나
드리고 와야겠다고
생각했던 게지.

그 할멈의 속내를
알았더라면 그녀를
말렸겠지만…

크다…

어서 와.

할머니!

아… 방금 깨달은 건데

난 그동안 친구들과 너무 많은 저녁을 함께 해왔던 것 같아.

손님도 오셨는데 접대는 내 몫 아니겠어?

지당하신 말씀!

……

그래…

세상은 그런 거야.

남자는 돈과 배경이지. 그걸 쥐면 뭐든지 쉽게 풀려.

셸! 오늘 저녁 메뉴는 뭐냐?

거기다 키 큰 미남? 그건 신이야. 행성의 모든 미녀들을…

아, 그런 거 말고! 닭고기 크림 스파게티 같은 걸로…

으… 이 대목에서 갑자기 열 받네.

누군 몇 번을 죽어서도 겨우…

일은… 할멈의 계획대로 진행됐지.

한 달간의 체류, 면접 합격, 강의를 듣기 위한 2년 짜리 예비 과정 등록…

그리고…

뭐…

꺄아아아…!

깜짝이야! 누가 이런 곳에 피겨 콘을…

오, 꽤 정교하다.

디테일이 살아 있어.

아, 됐어!

……

…그래!

내겐 너밖에 없는 것 같다.

그럼 더미 프로젝트를 다시 시작하도록 해요.

네, 어르신!

보안 문제 철저히 하고…

키히이잉

오랜만이야.

?

오늘 나… 기분이 정말 개떡 같아서 말이야.

훽

뭐…?

너, 지금 갑자기 뭐라는 거야?

뭐라니? 그게 그렇게 중요해?

응? 지금 이 시점에서!

응? 응? 응?

탱

탱

탱

우왓!

......

우와, 메이 너…

정말 이걸 다 이해했구나.

굉장해!

오빠가 일러준 대로 연상하는 방법을 썼더니

어렵지 않던데요.

저희 학교를 선택해 주신 하이포네 가문에

진심으로 감사를 드립니다.

제 안식년 때문에 일 진행이 미뤄져서 죄송하네요.

별말씀을요. 저희 벨라 행성이 즐거우셨길 바랄 뿐입니다.

행성 테라에 세인트 테트라 분교가 들어서면…

무늬만 유모랄까? 가문의 대리인 자격으로 와 있는 할멈의 역할은

그 귀족 집안의 비즈니스 영역에까지 이르더군.

별난 경우지.

대학 설립도 그 집안 사업 중의 하나…

영재 미녀!

뭐예요, 수빈 오빠!

그만 좀 놀려요.

놀리다니? 예비학교 설립 이래 메이처럼 성적이 급상승한 경우는 처음이라잖아.

그거야 시험 운이 좋아서…

스응

댁에 도착했습니다. 겸손한 메이 아씨!

오늘도 고마워요.

탁

69

저기…

나, 커피 한 잔만 주면 안 돼?

커피…

…마시러 왔으면 커피만 달라고 해야지!

팡

팡

팡

이 빌어먹을 외행성 늑대 놈아!

와, 야경이 너무 예뻐요.

뭐? 예뻐?

지금 저 불빛 아래에서 무슨 일이 벌어지고 있는지 알기나 해?

커피 마시겠다고 집에 들어가서는

왜 갑자기 막 이렇게 저렇게 그렇게…

이 비열한 사기꾼 놈!

너희 같은 놈들의 거짓과 위선이

불빛으로 덮는다고 가려질 것 같아?

그날 너무 속상했던 나머지…

이 추악한 도시의 욕망 따위!

모두 다 꺼져버려!

70

엄청난 실수를
해버렸지.

아, 그게
그러니까…

앞뒤 생각 못 하고
저지른 일이라

어떤 결과로 내게
돌아올지 상상도
못 했어.

…제기랄!
멍청이!

그래!

그건 로봇의
단순한 오작동이
아니야!

놈은
내가 누구인지
똑똑히 알고
있는 눈치!

게다가 매번
내게 일정한
화풀이를 하고
있다고!

네트워크를
이용한 외부 조작으로
말이야!

그럴 수 있는
사람은 오직 하나!
바로 집사,
네놈이야!

어… 어르신!
그 무슨…

그러니까 억울하면
반드시 찾아내!

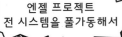

엔젤 프로젝트
전 시스템을 풀가동해서

커피만 마시겠다던
외행성 늑대와 연관된
그놈을 반드시
찾으라고!

아, 그렇지 않아도
엊저녁 대규모 정전을
조사하던 엔젤
측에서

오류가 아닌
인위적인 조작 흔적을
발견해…

곧 결정적인
실마리가 잡힐 듯
합니다.

부디 노여움
푸시길…

그러면 이제 어떻게 해야 할까요?

어쩌긴 뭘! 바이러스엔 백신이지!

닥터 고드의 망령과 엔젤팀의 대결!

자, 당장 작업을 시작하자고.

보자… 바이러스 고드를 제거할 백신…

이름으로 뭐가 좋을까?

……

그래!

루시퍼! 그게 좋겠어!

응? 할 얘기요?

집에서 얘기하긴 좀 그래서…

금요일이니까 시외로 드라이브나 가자.

……

무슨… 안 좋은 일 있어요, 수빈 오빠?

이거 어떻게 말을 꺼내야 할지…

……

나, 내년에 고향 테라로 돌아가.

아…

가게 되면 아마…

다시 이곳에 오긴 힘들 거야.

미안…

……

73

결혼?

수빈이가?
유모에게 도움까지
청했다고?

예, 나리!

후우우우···

이 녀석,
대체 무슨 생각을
하고 있는 거야?

상대 아가씨
신원은 확인했나?

예, 나리!

그래, 뭘 하는
친군데?

이게
고드가 쓰는

아이콘이란
말이지.

흠,
놈이 고양이를
쓴다면…

우리
루시퍼의 이미지는
따로 고민할 필요가
없겠군.

77

타닷

하앗…

하앗…

어딜? 이 공간에도 한계는 있어. 당신도 잘 알잖아.

츠즈즈

사이버 공간 안에서 신이라도 된 듯한 기분이었겠군.

카항

콱

콱

팟

타

프하하하… 왜? 거긴 안전할 것 같아?

이제 몇 시간 뒤면 테스트가 끝난 나, 루시퍼들이

지상의 모든 종류의 서버에 깔리게 돼. 네가 밟고 있는 거기도 이제 곧 내 영역이라고!

이 지상에 네가 존재할 수 있는 곳은 더 이상 없다는 얘기야!

크하하하하…!

그런 레벨의 백신…

그건 엔젤팀의 실력이다!

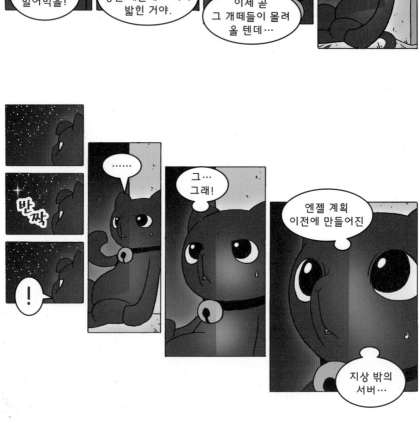

……

뭐야? 이제 이야기 다 끝난 거야, 고객님?

신이 됐다면서 고작 강아지에게 쫓겨?

그건 엔젤팀 백신의 특징 때문이야. 일단 충돌하게 되면

그동안 네트워크 안에서의 내 행적들을 전부 알 수 있게 돼.

나는 괜찮지만 문제는 그로 인해 놈들의 시선이

엉뚱한 타깃으로 쏠릴지도 모른다는 불안감.

그렇게 되면 내가 그녀에게 선물한 행운도 소용없게 될 거야.

그리고 무엇보다 행여 그것들이 그녀를 추궁하기라도 한다면

그리고 그 과정에서 그녀가 내 존재를 알게 된다면…

어떤 반응을 보일지 정말 너무 두려워서…

뭔가… 엄청나게 찌질하면서 딱히 동정받지도 못할…

아, 신이시여!

상황이 그렇게 전개되고 나니 정말 미치겠더군.

이러지도 저러지도 못 하는 내 신세…

급기야 고민 끝에 움켜 잡고 있던 내 안의 인성들을

모조리 제거해야 하지 않을까 하는 생각에까지 이르렀어.

!

하지만 그러기 전에 꼭 한 가지는 해결해야 겠더라고!

그 귀족 놈들 하는 수작이 정말 맘에 안 들었거든.

약혼요?

그래, 수빈아.
그게 바른 절차인 것 같다.

하지만
굳이…

그렇게 하도록 해.
형제들 모두 네 선택과 판단을
믿는단다.

넌 집안의 막내야.
가장 많은 축복을
받아야지.

그러니 행성 벨라에서
먼저 간단하게 약혼식을
올리고

……

정식 결혼은 이곳
테라에서 하도록 하자.

그럼…
동의하는 걸로 알고
이만 끊을게.

네?

약혼식 준비는
유모님께 말씀드려
놓을 테니 넌
학업에 전념해.

아, 형님…

OFF

하아아…

ㅋㅋㅇ

이거야 원…!
다시 태어난다면
나도 막내로 태어
나고 싶군!

저렇게 별생각 없이
속 편한 얼굴을 할 수
있으니 말이야.

수빈 도련님 덕분에
오랜만에 형제분들과
한자리에…

집사, 그건 적절한
위로가 아니야.

다시 한 번 말하지만
이 일은 유모님 모르게
진행돼야 해.

우리들의 계획은
다음과 같아.

네?

수빈이 오빠가요?

그렇다니까요, 6형제 중 가장 많은

똥 기저귀를 갈아주었다고요.

프하하하…

할머니, 전처럼 편하게 말씀 낮추세요. 저 많이 어색해요.

반복을 통해 익숙해지세요, 메이 아씨.

참, 전부터 궁금했는데요, 유모님.

네, 아씨.

으응, 그건 안 돼요.

앞으로 필요한 가문의 규칙들은 차근차근 알려 드릴게요.

제 어떤 점을 보고 수빈 오빠에게 소개하신 건가요?

예쁜 여자 싫어하는 남자가 있을까요?

흠…

이거… 여기서 속내를 다 드러내야 하나?

그리고 보니 제가 하이포네 가문과 인연을 맺은 지도

유모님…

네, 부디!

벌써 40년이 넘었네요.

……

아마도… 눈을 마주 보고 얘기할 수 있는 느낌… 때문이었다고 할까요?

제가 귀족들에게서 맨 처음 배워야 했던 건 바로 시선 떨구기였어요.

왜? 내게 할 말이라도 있는 거야?

네?

일이 적성에 안 맞으면 관둬. 사람은 얼마든지 있으니까.

아, 아닙니다, 사모님. 전 단지…

단지? 단지 뭐?

지금 날 똑바로 쳐다보는 행동이 그 대답과 어울린다고 생각해?

아…

죄… 죄송합니다.

자기 마음의 크기보다 훨씬 더 많이 가진 사람들은

사람을 사물처럼 보는 시선을 유지하죠.

그들의 시선이 바뀌는 건 자신보다 더 많이 가진 사람 앞에서뿐이랍니다.

귀족들의 삶이란 게 관계 맺기보다는 순위 매기기로 늘 긴장의 연속이더군요.

자신들과 이해관계가 얽힌 상위 클래스를 대할 때의 태도,

늘 그 이상을 우리에게서 받길 원했어요.

내가 더 갖지 못한 건 다 게으른 너희들 때문이야

…라는 모멸감을 느끼게 하는 그 싸늘한 시선.

그들과는 단 몇 분만의 대화로도 쉽게 지쳐버려요.

이내 곧 집 안에서 눈을 마주 보고 얘기하는 경우는 없어져 버렸답니다.

갑작스러운 사고로 사모님까지 돌아가신 뒤 전 그곳을 떠나려고 했어요.

하지만 돌봐줄 이 없는 여섯 도련님들이 남겨졌죠.

대리인이 나타날 때까지만… 하고 시작된 보육,

할 일은 산더미 같았지만 완전히 달라진 집안 분위기 덕분에 버틸 수 있었어요.

그건 바로

마주 보기.

도련님들의 생각과 감정을 눈을 통해 알 수 있었고

그것은 내 일에 대한 가치와 책임감을 일깨워 주는 계기도 됐죠.

그 시간들을 견뎌낼 수 있는 동기가 만들어 졌던 거예요.

……

하지만 분위기는

다시 바뀌게 됐지요.

이… 이것들은?

하이포네가에서 진행 중인 사업 관련 기본 법령집과 용어 해설집입니다.

네? 왜 제게 이런 걸…

고산 공작께서 유모의 헌신으로 그늘 없이 성장한 아이들을 보셨습니다.

공작께서는 유모가 하이포네가에 끝까지 남아주었으면 하시더군요.

돌아가신 이 집안 내외께서도 공감하실 거라 믿습니다.

그러려면 지금과는 다른 역할들을 하실 수 있어야 해요.

하… 하지만 제가 어떻게…

저희가 만든 각본대로만 얘기하고 움직이면 되는 일입니다.

순서대로 천천히 읽다 보면 저희 의도를 알게 될 겁니다.

……

전혀 어려울 것 없습니다. 하이포네가의 사업 진행 대리인 중 한 명이 되는 겁니다.

여기 이것들은 그러기 위해 필요한 기본적인 자료들 이고요.

궁금점이 생기면 언제든 물어봐주세요.

도련님들의 성장과 함께 집안의 경영권이 고산 공작이라는 분께 넘어가고

유모, 배고파.

도련님, 뭔가 드시기엔 너무 늦은 시간이네요.

아, 유모…

어서요!

이전의 제 일들은 메이드 로봇들에게 넘어갔죠.

그냥 따뜻한 우유 한 잔으로 대신하세요.

쳇! 알았어!

덜컹

큰 도련님!

푸흐흐흐…!

어? 아직 안 잤어?

도대체 지금 몇 시…

술… 드셨어요?

오빠, 쟨 뭐야?

아, 우리 집 유모.

뭐?

유모?

?

짝

이게 미쳤나?
감히 지금 누구한테
뭐라는 거야?

눈 안 깔아?
야! 무릎 꿇어!

어서 당장 무릎
안 꿇어?

한동안 잊고
지냈던 싸늘함.

아주 엄격한
귀족 집안의 여식
이라더군요.

그건 돌아가신
주인 내외분보다
더 차가운 시선
이었어요.

90

도련님들과 지내며 잠시 내 신분을 망각했다고 생각하니

마음은 곧 진정됐습니다.

그렇게 집안에 귀족 가문의 새 식구들이 들어오면서

시선은 다시 아래로 향해야 했지요.

마님이라 부르는 게 맞지, 유모! 안 그래?

사업 진행 대리인 역할을 맡게 되면서부터는

마님들이 제 존재를 무척 불편해하셨죠.

맙소사, 대체 공작님은 무슨 생각으로 저런 할망구한테…

이 집안이 노인 복지원도 아니고…

막상 떠나려니… 어디로 가야 할지 정말 막막하더라고요.

유모!

아… 안 돼! 가지 마! 못 가!

다른 사람들이 해주는 밥 싫어!

그냥 잔소리 많은 노인네로 곁에 있어줘.

결혼해서 애 낳으면 아내랑 놀러다니게 할머니 역할도 해주고…

그리고 때가 되면

유모 임종도 내가 지킬게! 응? 가지 마!

91

아씨에게 청혼한 수빈 도련님은 그런 남자예요.

선상에서 메이 아씨를 처음 본 후, 줄곧 도련님 생각이 났어요. 물론, 제 욕심이 더 컸죠.

막내 도련님과 지낸 이후로 우울한 감정은 완전히 사라졌답니다.

그 어떤 귀족집 아가씨들보다 공손하고 우아한 태도,

상대를 대하는 따뜻한 시선…

사람 보는 안목이 생겼달까요?

수빈 도련님이 청혼한 데는 그만한 이유가 있는 거죠.

해야죠. 그만큼 신중해야 하는 일이니까.

상대에게 순위를 매기는 사람들과 평생 지내다 보니

예의를 갖춘 사람과 대화하실 땐 단 한 번도 팔짱을 끼지 않더군요.

너무하셨어요. 저를 그렇게까지 관찰…

아씨는 제가 잘 모실게요.

저, 유모님!

그… 그게 무슨 소리예요?

마님들이 이곳에 오시다니! 일절 예고도 없이…

으…

추워…

……

…라니?
제기랄! 그럴 리가
없잖아!

새삼스럽게
왜 이래? 혼자 있는 거
충분히 익숙하거든!

그래,
익숙해서…

좋냐? 응?
행복해?

……

그래, 어차피 사랑하고 사랑 받는 일…

나한테는 안 생겨.

그러니 망설일 필요 없어.

마지막으로… 메이, 그녀의 얼굴이나 한번 보고 가자.

!

외부 스팸…

참 부지런한 놈들이라니까.

팅

지우지 마! 읽어!

응? 누구?

나야, 고드! 지우지 말고 메시지 끝까지 확인해!

난 지금 자네의 도움이 필요해!

바… 박사님?

투명 망토…

백신과 충돌을 피하면서

네트워크를 돌아다닐 수 있는 투명 망토가 필요해.

탈 나지 않게 할게.

못 믿겠다면 시험 삼아 내게 1분짜리 투명 망토를 보내줘.

거절할 수 없는 대가를 줄 테니.

……

LOTTO BANG

망토를 보내!

당첨 한 방 더 터뜨려 줄 테니까!

오케이!

팅

좋아! 문제없이 연결된다.

엔젤!

찾는 사람, 메이 체리 블라섬! 적용 범위는…

촤르르르

*&$#@&%!!

+&!!!>@#&%

|&$#!?<&%&

&^%$#@*!

&^$&^*@!

안녕…

……

행복하렴…

&%#)_!@#@

H&*(&^#*!!!

G%$#Q*&!^#@

^&$#@(!!)+

&^%#@(!

}&%$#@*&^

&*%$#@…모르게 진행돼야 해.

!

우리들의 계획은 다음과 같아.

단 한 마디 예고도 없이 마님 세 분이 그곳을 방문할 거야.

그리고 그곳에서 서로 마주치는 거지.

메이라는 아가씨에게 유모가 사전에 그 어떤

준비나 대비를 시킬 틈도 없이 말이야.

그러니 집사는 마님들이 문을 열고 들어올 때까지

어떤 내색도 해선 안 돼.

나머지는 형수님들… 그러니까 마님들이 알아서 하실 거야.

그 아가씨에 대한 내 짐작을 입증해주실 거라고!

노인네에게 친절을 베푼 뒤,

몸뚱이 굴려 순진한 귀족 청년을 꾀어내

결혼으로 감히 귀족 집안의 재산을 노리는

꽃뱀류의 인간일 거라는 내 예상을

왜 그렇게
놀래?

우리 험담이라도
하고 있었어?

……

큽! 향수 좀
바꿔, 두 사람!

흠! 흠!

유모, 간만이야.
벨라 일주는
괜찮았어?

네…
마님.

……

거기…
풀네임이
뭐랬지?

네, 메이 체리
블라섬이라고
합니다.

이 레스토랑…
꽤 유명한가봐.

틧

그래, 체리 양.
오늘 저녁이나
같이하자고.

틱

혼자
오도록 해.

네, 그럼
이따 뵙겠…

탕

그 여편네들의
의도를 몰랐던
그녀는

집에서
2시간이나
되는 거리를
움직였어.

고객님,
쭈그려 앉아
쓸데없는 이야기를
2시간째 듣고 있는
사람도 있어.

메이야, 거기
어디야? 형수님들과
저녁 같이하기로
했다며?

응, 수빈 오빠.

100

마님들이 무슨 이야기를 하시던가요?

많은 이야기를 나누진 못했어요.

오늘은 좀 피곤해서 집에서 쉴게요, 유모님.

......

있었던 일을 얘기했다간 불화만 일으킬 게 뻔하니

그녀는 아무 말도 할 수가 없었지.

......

그렇게 좋아, 동서?

그럼요, 형님! 제가 벨라에 온 건 오직 히타스 님 때문인 걸요.

금세기 최고의 팝페라 아티스트! 형님도 들어 보셨잖아요?

아, 이분의 공연을 직접 보게 되다니...

어처구니없는 일을 저질러주신 막내 도련님께 정말 감사드려요.

아, 히타스...

전 곤사마...

서방님들이 당신들을 창피해 할 거야.

네?

뭐야, 벨라인이면서 설마 히타스 님이 누군지 모르는 건 아닐 테지?

아, 오늘은 컨디션이 안 좋아서...

뭐? 컨디션이 안 좋아서?

당신하고 우리 중 누가 더 피곤할까?

그건 멀리서 당신을 보러 온 윗사람들에 대한 예의가 아니지!

정말 개념 없네! 우리가 당신 친구야?

......

101

아니! 자기 자리는 이쪽이 아니야.

자신이 있어야 할 자리가 어딘지 두 눈으로 좌석표를 똑똑히 확인해.

V.I.P.

공연 도중에 혼자 가지 마.

끝나고 꼭 같이 가야 할 곳이 있으니까.

......

......

형님, 정말 최고죠?

그래, 동서! 굉장해!

거기, 체리 양!

팅

...부티크?

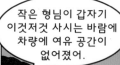

작은 형님이 갑자기 이것저것 사시는 바람에 차량에 여유 공간이 없어졌어.

HiTAS

택시를 타고 거기로 우릴 쫓아오도록 해.

큰 형님께서 체리 양한테 드레스를 선물해주고 싶으신 모양이야.

......

옷가지 때문에 식사 약속이 어긋나서야 되겠어?

그 사악한 마녀들이 준비한 건

정말 불쾌한 모욕감이었어.

피팅룸 거울은 모두 치우고…

알겠습니다.

나가기 전에 들어오면 안 돼.

네, 사모님.

체리 양!

…네?

선물이야. 앞으로 드레스 코드가 필요한 곳에서 입으라고 몇 벌 골라봤어.

아…

감사합…

거기 단상에 올라가서 지금 입어봐.

네?

네라니? 옷 선물이니 당연히 바로 입어봐야지.

……

설마…

……

유모한테
무슨 지시라도
받은 거야?

아, 아닙니다.
입겠습니다.

스윽

지금 큰형님의
호의를 거절하려는
건 아닐 테지?

내 이
노인네를…

픕!

아니! 내 선물은
위에서 아래, 겉에서
속까지야!

속옷부터
입어봐!

그러니 거기…

어서!
좀 보자고!

이 방엔
거울이 없어서
말이야.

어디…
좀 보여봐.

내 안목이
얼마나 잘 맞을지
정말 기대된다고.

얼마나
잘 어울릴지
몹시 궁금해.

대신
우리가 자세히
봐줄게.

우리 막내
도련님의 마음을
빼앗은 몸과

어서!

끄아아…!

아니, 대체 이것들이 뭘 얼마나 가졌길래

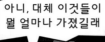

뭘 믿고 사람을 이렇게까지 깔아뭉개?

!

그래, 분교 설립 어쩌고 했지?

그 학교라면 이 오만방자한 것들에 대한 정보가 있을 거야.

어디…

죄송합니다…?

주시는 선물이 제겐 너무 버겁네요.

정말 죄송합니다.

뭐야? 무례하게…

흥! 자기가 싸구려 꽃뱀은 아니라는 거죠.

어디 그런 것들 우리가 한둘 봐요?

아쉽네요, 형님. 그 자리에서 옷을 벗었더라면

뺨이나 몇 대 후려갈기고 깔끔히 끝냈을 텐데…

조급해하지 마. 행성 벨라나 더 즐기자고.

시간이 좀 더 걸린다고 결과가 달라지진 않을 테니…

아무렴! 맨몸뚱이 하나로 남의 집안 일부를 거져 먹으려고 해?

어느 밥상이라고 숟갈을 함부로 올려놔? 감히 우리 허락도 없이…

송충이가 솔잎 그 이상을 넘보면 안 되지.

조만간 제 입으로 결혼을 포기하겠다고 할 거야. 송충이에겐 너무 버거울 테니까.

딩
동

딩
동

······

OFF

후우우··· 대체
어딜 간 거야?

전화도
안 받고···

스
윽

뭐야, 저 자식···

알고 보니 엄청
겸손한 놈이었잖아!

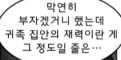
막연히
부자겠거니 했는데
귀족 집안의 재력이란 게
그 정도일 줄은···

복권 당첨금은
푼돈도 안 되겠어.

그래, 메이가
저런 놈을 놓쳐선
안 돼!

짜
악

우선
망토의 형태부터
바꾸자.

돈 많고
인성까지
괜찮은 놈···

이렇게 된
이상,

두 사람이
반드시 결혼할 수
있도록!

나, 메이의
장화 신은 고양이가
돼줄 테다!

오케이! 투명 망토의 효과…

저것들 아직은 날 인식 못 해.

……

ZZZ…

……

스윽

ZZ…

아, 깜빡 잠이…

엇! 케이크랑 꽃다발…

별일은요, 유모님. 컨디션 회복되고 있어요.

혹시 마님들이…

아뇨, 모두 친절하고 좋은 분들이던데…

주인님!

깜둥아!

죄송해요, 유모님! 잠시만요!

어딜 다녀온 거야?

내가 널 얼마나 찾았다고.

아, 업그레이드 좀 하느라…

그러게. 대화 기능이 생겼네.

응? 메이와 통화했다고?

네, 도련님. 이제 마음 편히 가지세요.

뭐야, 이 녀석! 내 전화는 받지도 않고…

사랑에도 휴식은 필요한 거니까…

혹시 형수님들 때문에 나한테 단단히 삐친 게 아닐까?

제가 개인적으로 대화해볼게요. 우선은 기다려주자고요.

참, 그리고 이거…

응? 이게 뭔데?

초대장?

네, 마님.

세인트 테트라 대학 이사회에서 마님들 방문 소식을 듣고 조촐한 환영회를…

참가자 명단을 보내주십사 하는 요청이 왔습니다.

파티… 선상 파티라…

형님 도련님의 임시 피앙세, 체리 양도 데리고 가요.

많은 사람들 앞에서 상황을 마무리하죠.

그래… 그거 좋은 생각 같군.

영광입니다, 부인.

약혼식요?

우리 둘을
위해서도 그게
좋을 거야.

응, 형님들
조언인데

저희 학교가
하이포네 가문과
이런 인연으로…

그게
순서인 것
같아.

걱정 마. 결국엔
다 잘될 테니…

……

꼭 초대에
응하세요,
주인님!

그 마녀들이 주인님을
거부하는 건 어떤 면에서
당연해요.

돈으로 해결하는 게
가장 빠른 방법이지만
그만한 돈이 없으니

결혼하면 집안의
그 엄청난 재산을
나누어야 할 입장이니
신경이 곤두서죠.

다른 방법으로 주인님의
가치를 어필하자고요.

제 계획이 다소
터무니없고 황당하게
들리겠지만 절 믿고
따라주세요.

굽신

촤르륵

다소 몸이
고단할 거예요.

그들의 치졸한
공격을 세련되게
방어하자고요.

……

크…
시작해볼까?

뭐야? 이제 보니 엄청난 속도네.

이사님들은 여전하시군요. 허허…

뭐? 수동 전환까지 안 돼? 대체 어디로…!

흥! 누구 맘대로?

회항하려나? 응? 도시 야경이 왜 안 보이지?

서… 선장님!

일단 멈추고 모항에 연락해!

내가 준비한 쇼는 오차 없이 진행됐지.

배를 무인도로 끌고 간 거야!

도대체 지금 이게 어떤 상황인가요?

……

피차 몸뚱이뿐인 그곳에서도 과연 너희들이

대체 어찌 된 겁니까? 당장 이 상황을 수습…

아, 그런 곳 가지 말고 적당히 좀 끝내! 지금 약속 시간의 두 배를…!

준비하신 파티가 너무 길어져서 많이 지칩니다.

그녀를 계속 무시할 수 있을까?

지금 최선을 다하고 있습니다만…

당연히 손쓸 수가 없지! 내가 한 짓인걸!

개인 네트워크까지 계속 먹통이야. 대체 여긴…

너무 걱정 마세요, 형수님들. 예정 시간에 귀항 못 하면

탐사 위성? 어림없지!

엑스트라들에겐 조금 미안해. 잠시 휴가 온 거라고 생각하셔!

행성 탐사 위성으로 바로 수색에 들어간대요.

흔적을 발견할 수 없도록 조치해뒀거든!

이제 곧 구조대가 올 테니까

이왕 이렇게 된 거 이 시간을 즐기자고요.

그래, 다들 배에 먹을 게 남아 있는 동안 충분히 즐겨.

이제 곧 서바이벌이 시작될 테니까!

&^%@#···

후우우···

주인님! 걱정 마세요.

누구도 안 다치게 할게요.

다소 극단적이지만 그들의 콧대를 꺾는 가장 빠른 방법일 거예요.

그 섬에 대한 모든 종류의 정보가 있어요.

주인님과 전 이 상태로 연결돼 있으니 맘 편히 가지세요.

어차피 손해 볼 것도 없잖아요. 우린 할 수 있다고요!

우리 메이, 많이 긴장했구나.

맙소사, 대체 난 뭘 동의해버린 거야?

저 사람들 모두 나 때문에···

막상 눈앞에서 일이 진행되자 그녀는 마음의 압박 때문에 잠시 누워 있어야 했어. 아, 여린 그녀···

···같은 소리 하고 자빠졌네. 이 악당 콤비가···

첫날은 곧 구조된다는 확신에 거의 야유회 분위기였지.

하지만 하루, 이틀 시간이 지나면서

예비 식량까지 바닥나자

사람들의 미소는 사라졌어. 그리고···

그 계획이 진행되면서 전혀 예상 못 했던 두 가지 일이 있었는데

그중에 하나가 일어난 거야.

벨라 우주 방위국

……

정말 이상하군.

여전히 화면엔 보이지 않습니다.

그렇습니다. 이렇게 직접 연락 드리게 된 건…

세인트 테트라 대학 이사회 임원 이시라고요?

알고 있습니다. 모항으로부터 실종 신고가 접수된 이후로

벨라를 샅샅이 수색 중입니다만 아직 흔적도 안 잡히네요.

행성에 있다면 바닷속에 있어도 포착될 텐데…

그… 그게 무슨 뜻인가요?

현재 탑승객 개인 네트워크까지 모두 끊긴 상태라고 하셨죠?

네…

접수된 실종 선박은 위성 데이터에 정식 등록된 모델입니다.

행성내에서 위성의 눈에 잡히지 않는 경우는

우주 전함으로 행성 밖으로 나갔을 때뿐이죠.

침몰이나 좌초 중이었다면

저희한테 비상 구조 신호가 왔어야 하고요.

폭발 사고가 있었다면 위성에 그 상황이 포착됐을 겁니다. 그런데…

어떤 흔적도 없어요. 항구에서 떠난 이후,

어느 순간 갑자기 화면에서 사라져 버린 겁니다.

이런 경우는…

!

잠깐! 화면에서 구름 레이어만 따로 떼어내서

실종 전후를 비교해 겹치는 부분이 있는지 확인해봐.

113

중첩되는 부분이 있습니다.

……

!

뭐야?

이건 비슷한 날씨가 아니라

완전히 같은 날씨예요.

그럼 현재 위성이 보여주는 화면 중에 일부분은 복사본?

뭐야? 어떻게 이런 일이 있을 수 있는 거지?

시… 실종?

…네, 도련님!

선상 파티 이후, 연락이 두절됐다고 하네요.

지금 그게 말이 되나요?

거기도 행성 탐사 위성이 있을 거 아닙니까?

이건 학교 측에서 보내온 상황 설명…

……

탕

이것들이…

외행성인이라고 이렇게 성의 없는 태도를 보이는 거야?

이건 못 찾는 게 아니라 안 찾는 거잖아!

감히 우리 하이포네 가문을 뭘로 보고…

됐어! 우리 가족은 우리가 직접 찾아!

그전에… 우리가 어떤 영향력을 가진 사람들인지

똑똑히 가르쳐주지.

후우우우…

아니…

도대체

어떻게

그 짧은 시간에

하!

그런 일이
일어날 수
있는 거지?

둘 사이에 특별한
계기가 있었던 것도
아니야.

그저…

안녕하세요.

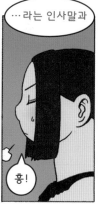
…라는 인사말과

흥!

…이라며
어처구니없다는
반응!

그런데…

불과 며칠이
지나지 않아

주고받는 말수가
늘어나더니…

급기야
야심한 시간에
다른 사람들의 시선을
피해 약속을 잡는
거야.

뭐야? 누군 몇 번을 죽어도 겨우… 응?

도대체 어떻게 그럴 수가 있는 거냐고?

그 자식, 딱히 눈에 띄는 미남도 아니었단 말이지.

그냥 목이 좀 굵은 보통 인상의 뱃사람.

그런데 어떻게 그 콧대 높은 마님과

단 며칠 만에

막 이렇게 저렇게 그렇게…

작업 멘트, 조금

웃음소리, 종종

눈빛 교환, 강렬

말도 안 돼, 엄청!

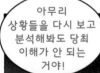

아무리 상황들을 다시 보고 분석해봐도 당최 이해가 안 되는 거야!

아니, 목 굵은 그 뱃사람, 지가 무슨 사랑의 화신이야?

막 이렇게 저렇게 그렇게 되기까지 읊은 대사는 불과 몇 십 줄!

고객님, 정황상 그 대목에서 흥분하시는 거 적절치 않습니다.

그렇긴 한데 회상하다 갑자기 열 받으면서 선명해져!

저기요…

아, 잊혀지지 않는 격렬하고 아름다운 마님과 뱃사람의 그 밤…

어떻게 그런 전개가 가능하냐고? 정말 전혀 예상 못 했던 일!

고객님…

말도 안 돼, 엄청!

117

행성 벨라,
수출입 사무국

다짜고짜 그게
무슨 소리야?

행성 테라로부터
짚나이트 거래
중단이라니?

이유가 뭐래?

그… 그게…

우리 측의 성의 없는
태도 때문이라고…

행성 벨라,
통치위 사무국

그러니까…

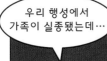

우리 행성에서
가족이 실종됐는데…

우리 측
수색 방식이 대단히
무성의하다?

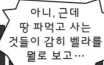

아니, 근데
땅 파먹고 사는
것들이 감히 벨라를
뭘로 보고…

짚나이트 거래처가
테라뿐인 줄 알아?

현재 거래가를
유지할 수 있는 건
테라뿐입니다.

아, 이런…

뭐 그깟
광물 덩어리
수입 중단한다고

우리가
손해 볼 게
뭔데?

의료, 식품, 의류,
건설, 운송… 그야말로
모든 분야에서 타격을
입게 됩니다.

아, 저런…

대체 하이포네라는
이 듣보잡 귀족 놈들은
뭘 믿고 행성 간
거래 조약을

일방적으로
깨겠다는 거야?
그렇게 잘났어?

그 가문은 고산 공작의
보호를 받고 있습니다.

아, 그런…

행성 통치위원이 그것도 몰라? 제발 공부 좀 해, 이 사람아!

아, 공부는 보좌관들이 하는 거지, 이 양반아!

그쪽 대리인에게 전해요. 실종 사건은 실로 유감이고

최선을 다해 찾을 테니…

저, 그런데 그게…

뭐라고요?

본인들이 직접?

게다가 수색 장비가 달린 가문 소유의 전함을 타고 오겠다고…

말도 안 돼…

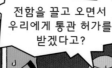

전함을 끌고 오면서 우리에게 통관 허가를 받겠다고?

아니, 왜? 그냥 바로 쳐들어오지?

도대체 이 사람들 무슨 생각을 하고 있는 거야?

가족을 잃은 거라면…

전쟁이라도 하겠다는 거야?

행성 테라, 하이포네가

셋째, 네가 다녀와!

그런데 형님, 정말 전함을 쓰라는 건가요?

물론이지!

네 형수, 네 아내, 제수씨들…

그리고 우리 막내, 수빈이!

만일 사망한 채로 발견된다면

가만있을 수 없지.

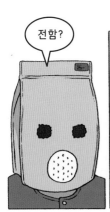

전함?

네, 장남의 결정이랍니다.

그래?

어디…

스윽

지… 지금 그 계산기 두드리시는 건가요?

응!

설마 또 싸움 붙이면 얼마나 이익인지…

에이, 아니야.

그런 식으로 돈 버는 거

그만두겠다고 하셨잖아요.

그렇긴 한데… 역시 돈 만드는 덴 이게 최고더라고.

지금 당장 계산기에서 손 떼세요!

아, 알았어.

책상 밑의 손!

틱 틱 틱

오른손!

오른손요!

틱 틱

양손 모두 올리세요!

아, 그냥 심심해서 잠깐 계산만 해보는 거라니까. 신경 쓰지 마.

안 돼요! 절대!

대체 지금 키튼 박사님이랑 메이헨은 어딜 간 거죠?

왜 곁에 없는 거예요?

그러게. 같이 시장이라도 갔나?

와인 좀 부탁해.

아!

네, 주인님!

그 계산기 당장 치우세요!

고산 공작님!

전쟁?

아무렴… 말이 쉽지. 어디 그게 우리 수준에서 할 수 있는 일이냐?

물론, 지금 기분으로는 그 이상이라도 하고 싶지만

후우우… 우선은 우리 가족들의 무사 귀환,

전함 통관 압박은 지금의 우리 심정을 조금이라도 느껴보라는 의도야.

만일 최악의 결과가 나온다면 짚나이트 거래를 완전히 끊어버려야지.

효율 면에서는 그게 전쟁보다 나은 보복이 될 거다.

……

오, 이런 조합은 상상도 못 해봤는데

기대 그 이상인걸…

벨라랑 테라가 붙으면…

엄청난 장사가 되겠어.

안 돼!

그만둬!

사람 안 다칠 거랬잖아!

그런데 이게 뭐야?

아, 해파리는 예상 아이템이었어요.

카아~ 제대로 적중…

아니, 그만할래! 지금 당장 모두 무사히 귀가하게 해줘.

그게 내가 원하는 거야!

……

…네

…라고 대답했지만 그럴 수는 없었지.

그래, 흥분 가라앉히고 어서 마무리 좀!

귀가까지는 다소 시간이 걸릴 거라고 적당히 둘러댔어.

탕 탕

본격적으로 그녀가 행동을 개시할 때가 됐거든.

통증은 좀 어떠세요?

저기! 지금 우리 형님 심정이 이루 말할 수 없이 복잡하실 것 같거든!

그 무허가 치료 끝났으면 좀 물러가 줄래?

아, 네…

홍터 걱정은 마세요. 그럼…

아니 뭐 저런 뻔뻔한 계집애가 다 있어?

멈칫

……

흥!

하아…

목말라.

바닥난 식수를 열매로 대체하는 데는 한계가 있었지.

많은 사람들이 갈증으로 지쳐 있었어.

물…

하아아아…

흐우우우…

!

이거 큰일이네.

오늘도 섬 안에서 마실 만한 물을 찾지 못하면…

……

그래, 후회는 적당히!

어서 사람들을 돕자!

깜둥아!

네, 주인님! 햇빛이 강렬하니

가져오신 선글라스를 꺼내시죠.

각 조! 자기 조원들 잘 챙기고…!

저도 갈게요!

작전 개시!

주인님, 우선 여기서 왼쪽으로…

저기요! 이쪽일 것 같아요!

!

125

지금이야! 당겨요!

좌악

와아아아아…!

고기 맛요?

이 섬을 택한 가장 중요한 정보 중 하나였지요.

결정적인 계기였달까?

기력을 되찾은 사람들은 그 일로 그곳의 리더가

누가 돼야 할지 확실히 인지하게 된 거야.

반면에 잘난 마녀들에겐 무력감을!

쳇! 뭐야? 저 못난 남자들은?

홍! 잔재주 가지고 난 척은?

……

어때요, 형수님들? 제 선택이?

ZZZ…

ZZZ…

기운을 되찾자 교감을 다시 시작하는 사람들도 있었지.

그리고...

후우우우…

지금까지 먹어본 고기 중 최고였던 것 같아요.

그래요?

수빈이 오빠!

!

응!

바로 구조되지 못할 걸 알았더라면

화장실부터 먼저 만들걸.

뭐야, 안색이… 다 해결 못 했어?

아니, 좀 피곤해서요.

127

......

형님, 정말
흉터가 없어졌어요.

오히려 더
매끈해졌달까?

벨라민
암모니아 성분이
피부에 좋은 게
아닐까요?

시끄러,
동서!

메이 아가씨,
정말 대단해요. 이런
식재료를…

별말씀을요. 주방장님
지도를 따를 뿐인걸요.

흠! 흠!

!

나 좀 봐!

분명히
경고해두는데
만일 입 벙긋…

아무것도
못 봤는데요.

뭐?

너무 어두워서
아무것도 보질
못했다고요.

......

좀 도와주세요!
일손이 필요해요!

턱

저기…
난 수면 부족으로
많이 피곤한데…

손 다쳐요!
똑바로 보고!

128

중재를요?

예, 이번 사태에 대해 고산 공작께 중재를 요청했습니다.

그럼… 우리 쪽에선

어떤 대가를 지불하기로 한 겁니까?

그렇지 않아도 답변을 기다리고 있어요.

흠… 대가라…

하긴 내가 대가를 받지 않는다면

일이 터졌을 때 당장 나부터 의심할 테지?

그래, 그럼…

보자… 벨라를 대표하는 것들 중에 뭐가 좋을까?

틱 틱

!

HiTAS

푸하하하…!

과연 괴짜라는 별명에 어울리는 요청이구먼.

그러니까 본인의 요청이 있을 시,

우리 벨라의 팝페라 아티스트 히타스 군의 원정 공연을 책임져 달라?

그래야지! 당연히 그렇게 해드려야지.

……

그러니까 공작님께서 직접…

전함 사용 금지를 명하셨다고요?

뭔가 오해가 있으신 것 같은데 단지 벨라 측 수색 작업에 압박을…

전함!

쓰지 마시고요.

대신에…

예? 일반 여객선으로 다시 움직이라고요?

벨라 측에서 공작께 중재를 요청한 모양이야.

제길! 그쪽에도 공작님과 연줄이 있는 인물이 있을 줄은…

형님!

설마 쟤를 우리 집안의 일원으로 받아들일 생각이신 건 아니죠?

혀… 형님!

아, 몰라! 막내 도련님께 따져!

전 큰형님의 결정을 따를 뿐…

동서까지 왜 이래? 갑자기 태도가 돌변해선…

즈이이잉

지시하신 화물은 하이포네 여객선에 정확하게 선적했습니다.

네, 공작님!

하지만 벨라 측 스캐너에 걸리지 않을까요?

이거야 원! 한시가 급한 마당에 왔다 갔다 왔다 갔다…

우리 식구들… 설마 정말 별일 있는 건 아니겠지?

131

다시 출발!

ㅈㅈㅈ

흐흐… 벨라의 수출입관리국 통관 장치로는 발견 못 해.

20단계의 자동 조립 과정이 끝나야 겨우 확인되는

신형 반중력 폭탄이거든.

이봐, 체리 양!

요 며칠 같이 밥 먹는다고 우리가 굉장히 친해진 줄 알겠지만 말이야.

착각하지 말아줘.

난 정말 그릇 치울 사람이 필요한 것 뿐이니까.

아니, 근데 저 여자가…

기력을 되찾더니 여전히…

뻭

뻭비비

뻭비비

뭐야, 이 신호는?

!

그것은

전혀

예상 못 했던

두 번째 일!

자기야!

도련님!

셋째 형!

외행성으로부터의 변수는 미처 생각을 못 했지.

ZZ…

메이 아씨!

도련님!

그 일로 내 계획은 미완성으로 끝나버렸어.

물론, 전원 무사 귀환!

흥!

……

으… 저 여자의 콧대를 이제 어떻게 꺾어놓는다?

섬에서 가족들이 메이 양의 도움을 많이 받았다더군요.

아, 아닙니다. 별말씀을요…

이번 주말에 저녁 만찬에 초대할 테니

가족 분들과 친구들, 동행하고 싶은 분들을 모두 모시고 와주세요.

……

이번 주말?

아, 이런…

미안, 메이야.

......

외삼촌이 유일한 혈육인 그녀는…

괜찮아요, 외삼촌. 임무와 겹치면 당연히…

만찬에 동행할 사람이 없었어.

......

!

이게 뭐야?

동행하는 사람이 고작 1명?

게다가 그것도 아는 오빠…?

이것 보세요, 형님! 가족 초빙에 이따위 답변이라니…

누가 근본도 없는 집안 아니랄까봐…

아는 오빠라니? 설마 수빈 도련님 사이에서

양다리라도 걸치고 있던 남잔 아닐 테죠?

역시…

넘을 수 없는 현실적인 벽이…

섬에서 기세등등해져서는 이제 본색을…

마님, 손님들 오셨습니다.

안녕하세요, 여러분!

만나서 반가워요!

으흥?

아는 오빠의
정체는

벨라의
팝페라 아티스트,
히타스!

그… 그런데
히… 히타스 님?

우리
메이 양과는
어떻게
아시는…?

뭐… 뭐야?

세금 문제랑
약물 문제…

어떤 걸로
당신 회사를
밟아줄까?

우리
히타스에게
멀 원하는데?

아르바이트!

동의하면
보수는 선불로
완납할게.

135

히타스 씨!

메이 양과의 관계를 묻는다면

이렇게 답해줘요.

고인이 되신 메이 양의 조부님께선 벨라 예술계의 숨은 후원자셨죠.

그분의 도움이 없었다면 오늘의 저는 없었을 겁니다.

어머, 그런…

뭐야, 메이 양…

왜 우리에겐 그런 이야기를 전혀 안 한 거야?

그건 메이 양이 조부님의 겸손한 품성을

그대로 이어받았기 때문입니다.

왼손이 하는 일을 오른손은 모르게!

그것이 그분의 원칙이셨습니다.

오죽하면 그분께 후원을 받은 예술가 대부분이

그분의 성함조차 모르겠어요? 다행히 저는 운 좋게도…

문득 그런 생각이 들더군.

무인도까지 데려갈 필요 없었는데…

식탁에서 그들 모두 결혼을 암묵적으로 동의하는 분위기였어.

그렇다니까, 여보.

뭐 그 정도면 우리와 어울릴 자격이…

당신 그게 무슨 소리야?

예술가 후원? 그 정도 가지고 우리 집안 재정의 권리자 자격을 주자고?

잠시 섬에 갇혀 있더니 현실 감각이 사라진 거야?

정 떨궈내기 힘들면 적당히 약혼식 치르고 데리고 돌아와.

137

......

갑자기 웬 문워크? 어딜 가려고? 얘기 아직 안 끝났어!

하긴… 그녀를 위한다기 보다는

결국은… 내 만족이지.

......

어서 오세요.

공작님께 얘기 많이 들었습니다.

무엇보다 이번 일로 심려가 무척 크셨을 텐데…

벨라 측의 성의 있는 협조에 감사를 드릴 뿐입니다.

행성 최고 위원들께서 이렇게 직접 방문해 주시니

별말씀을요. 저희의 미흡한 대응에

그저 영광일 따름입니다.

하이포네가의 너그러운 이해를 감사드립니다.

허허… 이해라뇨? 별말씀을…

홍! 짚나이트 거래 중지 때문에 왔을 테지?

머무시는 동안 요청하실 게 있다면 언제든…

우리가 왜 왔는지 잘 알고 있지?

탁 탁

……

오케이…

폭탄 작동 개시!

클릭

쳇!

그건 당연한 거 아니야?

자기만족 없이 움직이는 사람이 어딨어?

이게 뭐, 나만 좋자는 거야?

그리고 내가 자기한테 무슨 잘못을 얼마나 저질렀…

……

…지. 뭐… 뭐 하여간!

그… 그래서 내가 이 난리인 거잖아!

&^%#…

*&$#@…

@%!*&!!

#+!&@!…

자신이 누구인지 밝힐 수도 없는

내 입장이라는 게 얼마나…

&#@&!

$@&%…

…폭탄…

!

고마워. 덕분에… 형수님들이 정말 좋아하시더라.

…다행이네요.

……

장난꾸러기!

하하하… 메이, 너 그거 알아?

널 만나고 나서 한동안은

네가 큉이 아닐까 하는 생각을 해왔어.

네?

이런 미친… 이 상황에 테러라니!

하이포네가의 여객선…

폭탄 시동은 폭발 범위 밖에서 로봇으로 원격…

140

도대체 그것들 정체가 뭐야?

왜 남이 공들인 밥에 재를 뿌리려는 건데?

키힝

메이랑 같이 다닐 땐

단 한 번도 막힘이 없었거든.

……

그게 무슨…

타다다

메이, 너…

신호등 앞에서 파란불 기다려본 적 있어?

!

슉

콱

악

제… 제기랄! 이거 뭐 어떻게 손을 써야…

외행성 물건인데 제어 방법이 등록돼 있으려나?

버스나 지하철은?

……

슉

뭔가 엄청나게 복잡한 변신…

철컥

철컥

……

에라, 모르겠다!

콱지

141

!

HOLD

못 느꼈어?
널 차에 태우면

뭐야? 왜 갑자기
조립이 멈춘 거야?

러시아워에도
길이 안 막혀.

거기! 뭐야?

!

분명해! 폭탄을
노리고 있어!

이쪽 계획을
알아챈 누군가…?
그럴 리 없는데…

칫! 파헤쳐봐야
상황만 복잡해져.

폭발로 바로
전부 덮어버리자!

가잣!

폭탄 작동을
멈춘 저놈을
부숴버려!

그뿐만이 아니야.
언제 어디서 무얼 하든지
너와 함께라면

주변의
제어 시스템들이
우릴 지켜주는 것처럼
늘 열려 있었어.

우리 방학 여행
기억나? 어딜 가도
그래.

마치
이 행성의 모든
시스템들이 메이를
지키고 보호하는
느낌이랄까?

퍽

퍽

퍽

메이는 퀑이
아니잖아.

그럼 그건
대체 뭐지?

우릴 방해 못 하게
산산조각 내!

나머지는
폭탄을…!

대체 무엇이
우리 메이를 그토록
소중하게 보살피고
있는 걸까?

폭탄…

건들지 마…

요청드렸던 위성 사진 조작 건,

조사 결과는 언제쯤…?

흔적으로 보아 상당한 수준의 해킹 기술이라는 것 외에는

아직 구체적인 실마리가 잡히지 않네요.

결과가 나오면 가장 먼저 보고하죠.

그럼 이만.

아…

홍! 어디서 상관 행세야?

……

이거야 원…

투명인간 이라도 추적하는 것 같군.

번번이 일어나던 원인 불명의 네트워크 오류의 결정판 같아.

쳇! 차라리 이 모든 게 같은 목적을 위해 일어난 거라면 좋겠어.

엔젤!

최근 1년간 오류 신고가 접수된 현장에서

반복적으로 포착되는 인물이 있나?

이번 무인도 사건 포함해서 말이야.

뭐야? 설마 했는데…

메이 체리 블라섬…

어? 엔젤 타운 거주자였네.

……

146

이… 이런! 무슨 일이야?

12월 24일?

응, 우리 약혼식!

이것저것 고려한 날짜야.

외삼촌께 여쭈어보렴. 그날 괜찮으실지.

끼익

실례합니다.

메이 양이시죠?

뭡니까?

우리 메이에게 무슨 일이에요?

아, 진정하세요. 몇 가지만 확인하려는 거니까.

당신들이 누군데요?

메이 양, 이 사람… 누군지 알죠?

우우웅

오빠…

제우 오빠…

……

팅

!

뭐? 그녀에게
내 정체를 폭로하는
상황이라고?

안 돼!
그건 절대!

그… 그럼
이렇게 설명해!

네?
제… 제우 오빠?

네, 메이 양.
중위는 식물인간
상태에서 날로 악화돼
갔었대요.

방위국에선 그런
인재의 죽음을 그냥
방치할 수 없었고…

해서 닥터 고드가
책임을 맡았던 네트워크
프로젝트에 그의
의식 체계를…

물론, 누구도
예상 못 했죠.

메이 양에 대한
제우 중위의 감정이
얼마나 깊은
것이었는지…

오빠…

제우 오빠…

후우우우…
안 들켰다.

텅

이거야 원…
다니엘! 현장에서 그냥
아무거나 집어 오면
어떡해?

아바타 말고
내 폭탄에 손댄 놈,
그놈을 가져와.

……

12월 24일…
드디어 약혼식이
잡혔구나.

음… 그럼 어떤
준비를 해줘야…

아니,
그보다 당장
폭탄 건은 어떻게
해결하지?

!

키힝

콰직

그래, 역시 내겐…
너밖에 없는 것 같다!

......

지금까지 나온
조사 결과…

고드 박사가
생전에 알게 된
한 여성 때문
이라는데…

망령이란 건
일종의 바이러스
같은 건가요?

닥터 고드의
네트워크 망령?

대체
목적이 뭐랍니까?

미숙한 찌질이의
병적인 집착이랄까?

그런 거라면
엔젤팀에서 바로…

문제가 될 만한
단계에 진입하기
전에

숨을 곳이
없었기에 제거됐다고
생각했죠. 그간
어떻게 숨어 있었던
건지…

지상의 모든
서버라면…

지상 밖 서버에
숨어 있었던 건
아닐까요?

지상에 존재하는
모든 서버에 백신을
깔았습니다.

신호체계의
반복적인 단순 오류가
박사의 짓일
거라곤…

예를 들면
인공위성의…

아, 위성 사진이
조작된 사건이다
보니…

제기랄! 그런
단순한 방법이…!

뭐… 뭐야?

설마 너,
전에 왔던…

......

죄송합니다.
예를 든다는 게
그런 어처구니
없는…

152

체킹 체킹
Checking

역시…

위성 접근 정보들이 모두 중간에서 걸러지고 있었네요.

게다가…

이런 수준의 방화벽이라면… 틀림없습니다.

메인 서버로 사용하고 있는 본체를 찾지 못하게 모든 위성이 동기화돼 있어요.

이건 망령이 움직일 때마다

제기랄! 닥터 고드…

……

……

문제 해결을 고려하면 오히려 잘됐어.

수천 기의 위성을 일일이 체크해봐야 하는…

행성의 주인을 데려간 건 테러 일당일 테지?

쳇! 폭탄으로 놈과 거래를 좀 하려고 했더니…

……

사랑하는 사람과 짝을 이루게 되면

벚꽃이 만발한 야외 식장에서 많은 사람들이 축복해주는

……

비록 결혼은 아니지만…

그런 결혼식을…

즈잉

그리하여
드디어 오늘…

이제 몇 시간
안 남았어.

ZZZ…

그간 동기화된
다른 위성들을 이용해
잘 버텨왔지.

이번엔 확실해.
이게 본체야!

행성의 주인은
납치된 지 며칠 만에
무사히 되돌아
오더군.

슈슈슈

얼큰히 취해서
말이야…

그래, 다니엘!
형님께 안부 전하고…

슈슈슈

조만간 벨라에서
한번 뵙자고 전해
드려.

안녕, 친구?

아…

와락

네 선물이
이 행성을 구했다.

게다가 말이야…

픅

내게 아주
든든한 의형제까지
생겼어.

좋아!
아주…

너 말이야…

네트워크
안에 살고 있는
귀신!

내 신경을 건드리지
않는다면 꽤나 쓸 만한
녀석이 될 것 같아.

이게 무슨 뜻인지
알아듣겠어?

뭔가… 말로
표현하기 힘든
카리스마…

확실히 놈에게
압도되는 느낌이
있었지.

그날 내게
뜻밖의 제안을
하더라고.

……

조건?

당신에게 폭탄을 가져온

만일 시답지도 않은 얘길 꺼냈다간

좋아! 그렇게 하지. 대신 한 가지 조건이 있어.

이유 중 하나이기도 해.

비용이 얼마가 들든 행성 전 네트워크를 초기화 시켜버릴 줄 알아.

……

그렇게 우린 계약을…

ZZZ…

아, 총각! 이제 이야기 다 끝났어!

!

일어나! 집에 가야지!

ZZ…

이봐! 이봐! 거기까지 왜 이래?

냐항…

지금까지 녹음된 내 이야기…

첨부 텍스트랑 같이 의뢰 때 언급한 출판사에 넘겨줘.

으아아아… 정말 이야기 다 끝난 거야?

그렇다니까!

나…, 정말 수고 많았어.

고객의 소리 담당자에게 연락 오거든 매우 만족한다고 답해줘.

퍽이나!

ㅈㅈㅈ

응?

!

이봐, 당신들! 대체 언제까지 머물 셈이야?

냐하냐, 이제 막 나가려던 참…

고객님, 안녕!

……

격추되지 않으려면 10분 내로 궤도 밖으로 나가요!

크아아아…!

고문이 따로 없군. 2시간이나 처박혀서

찌질이 하소연이나 듣고…

배고파! 닭고기 크림 스파게티!

냐항!

하여간 제트 놈과 엮이면 피곤해.

……

상상도 못 했던 뜻밖의 수확이다.

메이팅, 더미… 뒤통수 소켓에 대해 처음 듣는 이야기들.

무엇보다…

네트워크 더미!

만일 어떤 계기로 실버퀵 제7지구의 네트워크를

애플이 더미로 쓸 수만 있다면…

……

메모장에 암호로 기록해두자.

158

이건 엘 놈이 투사한 염상…

형태가 선명하다는 건

빌어먹을 삐에로가 죽지 않고 완전히 회복됐다는 의미.

망할 놈이 아직도 날 제 소유로 알아.

응? 자… 잠깐!

닭고기 크림 스파게티?

내가… 이걸 언제 먹어본 거지?

없어.

그간의 실버퀵 메뉴 항목에선 아예 검색되질 않아.

분명히 그 이전에도 난 이걸 먹어본 적이 없어.

스파게티에 닭고기라니! 내겐 어처구니없는 조합.

어째서 난 이걸 먹고 싶어 한 거지? 단 한 번도 경험한 적 없는

음식의 맛이 생각나고 땡기는 게 가능하단 말이야?

혹시… 내가 인지하지 못하는 몸의 기억 같은 걸까?

그럼… 언제 어디서?

159

엔젤 시스템을 즉각 폐기하라!

폐기하라!

폐기하라!

자연의 섭리를 거스르는 기후 조작의 목적을 밝혀라!

발전소의 통제 불능 상태를 해명하라!

행성민의 안전을 내팽개친 통치위는 즉시 사퇴하라!

사퇴하라!

사퇴하라!

네, 그렇게 해주시죠.

도련님, 방금 성당 측에 얘기해서 약혼식 장소를 야외 정원으로 옮겼습니다.

고마워요, 집사.

이건 뭐 완전히 초여름 날씨로군.

그러게요, 형님.

여러분!

오…

흐음…

이렇게 아름다운 예비 신부를 보고 누가 신의 존재를 부정하겠어.

민망해요…

너 말이야…
네트워크 안에
살고 있는
귀신!

내 신경을 건드리지
않는다면 꽤나 쓸 만한
녀석이 될 것 같아.

이게 무슨 뜻인지
알아듣겠어?

아니!
날 컨트롤할 수
있을 거라 생각
하나본데…

이봐, 고드 박사!

당신의 어린 여친,
이름이 메이… 였지?
잘 지내?

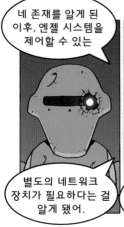

네 존재를 알게 된
이후, 엔젤 시스템을
제어할 수 있는

별도의 네트워크
장치가 필요하다는 걸
알게 됐어.

날 비롯해
내가 지정한
항목들을

해치거나 파괴하려는
의도가 시스템 내에서
발견되면

그때는
엔젤 시스템을 강제
종료 후 포맷…

완전히 초기화
되게끔 해뒀지.

못 믿겠다면
언제든 시도해봐.

폭탄을
가져왔는데도
별문제 없던걸.

그건
처음부터 자네는
날 해칠 의도가
없었으니까.

이번 일로
새 아이디어가
떠올랐어.

어때? 특별한
문제만 일으키지
않는다면

내가 직접 나서서
널 없애진 않을게.
대신…

이 행성 방어
시스템의 빈틈을
자네가 메꾸는
거야.

물론,
엔젤팀이 우리의
이런 거래에 대해
알면 곤란해.

그게 무슨
소리야?

네 힘을 끊임없이
견제해야지. 여전히
내겐 큰 부담
이라고.

저, 대령님?

!

으다닷…

그래, 드디어 도착한 거야?

아, 그게…

응?

왜? 무슨 일인데…?

……

예쁘다…

……

……

오늘 약혼식 후, 벨라를 떠나고 나면

네가 전해준 내 가슴속 온기도 사라질 테지?

그나마… 인성을 가진 때의 내 흔적을

책으로 남기는 게 위안이랄까?

물론, 의미 없는 짓이긴 하지만…

…그게 무슨 소리야?

예술가 후원? 그 정도 가지고 우리 집안 재정의 권리자 자격을 주자고?

…현실 감각이 사라진 거야?

정 떨궈내기 힘들면 적당히 약혼식 치르고 데리고 돌아와.

결혼까지 이어지지 않도록 내가 직접 나설 테니까!

결혼까지
이어지지 않도록?
누구 맘대로?

그 잘난 콧대를
꺾어주마! 이 외행성
귀족 놈…!

조건?

만일 시덥지도 않은
애길 꺼냈다간

비용이
얼마가 들든…

&$#@+!#%…

아, 안녕하세요?

고드 박사님
이시죠?

온기…

별 약속 없으면 영화나 같이…

네, 박사님!

예쁘고 상냥한…

그 온기…

고마워.

그때, 잠시나마 내 곁에 있어줘서…

사람이 그렇게 따뜻한 줄 몰랐어.

메이의 따뜻한 기운에 내가 잠시 취해 있었던 모양이야.

예쁘고 상냥한 널 갖고 싶다고 생각했으니까.

······

살인자!

응?

어서 얘기해봐.

······

오는 12월 24일···

당신이 말한 내 어린 여친의··· 약혼식이 있어.

하!

팟

!

털썩

그녀가 평소 소망하던 바가 있어서 말이지···

!

즉각 사퇴하라!

NO!

사퇴하라!

사퇴하라!

아니, 저 양반들은 눈에 뵈는 게 없나?

그러게. 감히 통치위원들께···

······

그… 그러니까… 상대 집안의 콧대를 꺾어줄…

그런 수준의 하객들이 필요하다?

아니, 내 얘긴 그게 아닌데?

응? 그럼?

긁적

긁적

그때까지 그녀가 원하는 날씨는 어떻게든 맞추겠는데…

어쩌다 보니 갖게 된 신의 능력에도 불구하고

약혼식 자리를 채워줄 친구 같은 건 역시나…

지금 상황에서 협박이나 매수로 사람 모으는 데는 한계도 있고…

……

맙소사…

뭐… 뭐야? 당신도 그건 어려운 거야?

타닷

아, 안 돼! 난 당신만 믿고…!

오지 마!

저들이 무례 하다는 게 아니라 중요한 걸 놓쳤다는 거.

!

의회 주차장을 보란 말이야.

저… 정말 그거면 돼?

그거면 내 제안을 받아 들이겠어?

네…

아, 이런 어처구니없는 얼간이 였다니… 이 얼마나 다행인지…

뭐야? 주차장이 텅 비어 있는데?

오늘 연말 보고가 있지 않나? 위원님들 모두 어딜 가셨대?

좋아.

조건을
수용하지.

행성의
주인으로서

네 요구는
확실하게 지켜주마.

!

뭐야, 이 인파는?
근처에 무슨 행사…

!

대령님,
시간 맞추시려면
차에서 내리셔야
할 것 같은데요.

어? 저 친구…
영화배우 아니야?

이 사람들…

어어어…

모두
벨라의 유명인들!

대체 무슨
행사길래…

벨라의
매스미디어에
등장하는

문화, 예술,
스포츠…

종교…

경제…

정치계의
유명인사들,

나와 직간접적으로
연결된 각 분야의 얼굴들을

그날
그 자리에 전부
불러모아주지.

169

아, 네!
바로 그 폐기
위성에서…

아뿔싸!

틀림없어!
고드 망령의
본체야!

이런 젠장!
지금껏 무덤 속에
숨어 있었다니…!

엄한 짓
벌이기 전에
어서 쏴버려!

당장 폭파
시키라고!

저… 그게
구형 위성이라
폭파 시 파편
재질이

신형 위성들에
막대한 피해를
줄 우려가…

그걸 말이라고…

중력권 밖으로
끌어내서 처리해!

오케이,
출력 만땅!

키힝

약혼식 동영상을
도련님들께 모두
보냈다고요?

그럼요, 형수님.
우리만 보기
아깝잖아요.

173

안녕…

제… 제우
오빠…

내 사랑…

……

……

……

……

후우우…

벨라와
짚나이트 거래
재개하고

모두
막내 결혼식
준비해!

네, 형님!

팍스 중공업

생체 더미 코스가 끝나고 나면

메이팅이란 마지막 단계가…

&*#@^%*〉…

……

어떻게 하시려고요, 이사님?

후우우우…

전부 치워 버려야지.

벨라의 주인은 우리와 맺은 비밀유지 조항을 지키지 못했어.

그 때문에 우리에게 심각한 시선이 몰릴 위험이 생겼으니

계약서에 명시한 대로 적극적으로 대응 해야겠지.

행성 주인의 부재로 벨라와의 거래가…

위축되진 않을까요?

이 친구야, 우리 비즈니스 방법을 몰라?

행성의 주인을 주인으로 만드는 건 우리라고.

우리에게 현금을 지급할 수 있는 행성 내 최고 금융 자본가 중 하나를

행성의 주인 자리에 앉힌 뒤

그 대가로 우주평의회가 금지하는 불법 아이템에

행성의 안전을 빌미로

막대한 대가를 지불하게 만드는 것 아닌가.

지금 녀석을 정리하고 새로운 주인을 앉힌 뒤

우린 다시 그걸 고가에 되팔기만 하면 되는 거야.

178

후우우우···

···이상하군.

이제 더 이상 그녀도 여기 없는데···

그럼 그녀가 내 가슴속에 심어준

이 온기도 함께 사라져야 하는 거 아닌가?

······

아니야!

이건 단순한 미련의 감정이 아냐.

그녀에 대한 그리움은 더더욱···

여전히 가슴이 따뜻해. 아니.

오히려 더 뜨거워지는 것 같아.

뭐지, 이 에너지는?

인성의 마지막 저항일까?

반가워, 고드캣!

!

턱

그런데 오랜만에 널 보니 인사말보다 허기가 앞서는걸!

크르르

......

후우우… 귀찮은 강아지들…

뭐가 어째?

이런 건방진 도둑고양이 놈…!

타다닥

쩌어억

우득

꺼억

우드득 우드

크흐흑…

나쁜 놈아…

좀 더 많은 여자들이랑 사귀어 보겠다고?

차라리 내가 싫증 났다고 말하든지…

나처럼 착한 여자가 또 있을 줄 알아?

......

!

오오오… 캡이다!

열라 대빵 이뻐!

180

마침.

A.E.

1개월 뒤

장편소설
GOD'S
LOVER

이게 어쨌다는 거야?

인명과 지명만 바뀌었을 뿐, 전부…

소설이잖아.

장편소설

하지만 이건 어르신을 골탕 먹이려는 닥터의 의도로…

집사, 그건 너무 예민한 반응이야.

이런 삼류 소설을 누가 신경 써?

그리고 진실이 알려진다 해서 달라질 게 있나?

기껏 해봐야 시위대가 잠시 늘 뿐.

신경 곤두세울 필요 없어. 피곤하니 이만 물러가봐.

……

아… 네, 어르신.

후우우우…

아, 뭐야! 이런 유치한…

이렇게까지 세상에 자기 흔적을 남기고 싶었어?

툭

많이 피곤하신가 봐요?

뭐… 뭐야, 당신들?

푹 주무시게 해드리려고.

츠이잉

183

으읏! 몸이 조여들어…

누… 누구의 사주야?

설마 저희가 거기에 답하려고 할까요?

당신들한테 묻는 게 아니야.

응?

화면!

팟

드디어 벨라의 다음 주인이 정해졌어.

틱

그러니 깔끔하게 처리해.

틱

PAX

하, 무기 공장 아저씨…

츠르륵

츠르륵

삼류 소설 이라니… 그거 대필 작가 교체해 가면서

3번이나 다듬은 거야! 영화 제의 들어올지도 모른다고…

영화 좋아하시네. 누가 이런 걸…

하긴! 벨라엔 당신 같은 찌질이들이 넘쳐나니…

A.E.

저… 정말?

팍스 중공업?

네, 형님. 이런 경우 제가 어떻게 반응하면 좋을까요?

이런…

아우님은 나서지 마.

내가 대신 처리할게.

예? 아, 아니에요. 저 때문에 괜히…

아, 사실은 나, 거기 최대 주주…

예에에엣?

아, 역시 우리는 적이 될 수밖…!

미안! 미안! 우리가 의형제 맺은 걸 몰랐을 거야!

우선 급한 대로 내가 먼저 사과할게.

마음 편히 하라고! 다시는 이런 일 없어!

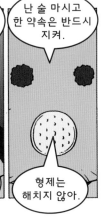

난 술 마시고 한 약속은 반드시 지켜.

형제는 해치지 않아.

PAX

슈슈슈

슈슈슈

!

여어… 빵봉투, 안녕!

대머리도 안녕!

벨라 쪽은 왜 건드린 거야?

뇌전단 스캐닝 기술 유출에 관한 제보가 있어서.

187

A.E.

6개월 뒤

거기 서!

!

흥! 막다른 골목!

자, 이제 순순히…

탁

스윽

저… 저건…

예쁜 여자들만 도와준다는 변태 히어로, 딸랑이 고드맨?!

오… 귀여워! 귀여워!

……

저런 나쁜 놈들!

차악

와앗!

탕 탕

츠즈

즈즈즈

저런… 이걸 어쩌나?

내 흰머리 친구의 이런저런 프로젝트 중 하나인

이 경이로운 나노 물질 덕분에

유기물 시절과 같은 수준의 감각을 느낄 수 있게 돼서

끄아아악!

엄청 아파! 제기랄!

이봐, 고드맨! 오해가 있는 것 같은데

악당은 우리가 아니고 바로 저 여자…

…일 리가 없지!

퍼벅

이렇게 예쁘고 귀여운데 쓸데없는 소릴…

팅

자, 이거 받아. 달링!

그건 이 오빠의 펜트하우스 비밀 주소!

외롭고 힘들 때 언제든 방문해서 이 오빠랑 함께 쉬는 거다, 베이비!

퍽이나…

하아아…

참… 여기저기 바쁘셔…

고드맨, 공무 집행 방해 범인 쫓던 형사들 폭행

&%*&@+%!$#+_)%^@Q!*&#*&^#%@$@%@^&?!+(*&%(*&*(_+&^@#!$%%%@#@!!

탕

우린 벨라의 드림팀이라고! 그깟 망령 하나 없애지 못해서 또…

마지막이야! 이번에도 놈을 놓치면 전원 해고될 줄 알아!

A.E.

타
닥

척

삐
삐
삐

아, 알았어.
그만 좀 보채.

삐
삐

무슨 일이길래
긴급 호출이야?

별일 아니기만
해봐.

쓰
윽

!

아, 깜짝이야!

!

뭐야? 왜 네가
내 백경대까지
소집해놓고
난리야?

네 안전을 위해
어쩔 수 없었어.

실버퀵…
제7지구에서
폭동이다.

…폭동?

쿵들이
탈출하고 있어!

그럼…

틱
틱

계산기
두드릴 때가
아니야!

당장 너한테
위험이 닥칠 수도
있는 상황이라고!

나한테…?

…왜?

애플이라는 주동자 그룹 암호문 안에서

너에 대한 언급을 발견했어!

탈출 이후 네 힘을 빌려 자기들 안전을 챙기려는 것 같아.

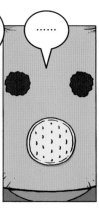

……

프흐흐… 어이가 없군. 이건 뭐 개나 소나…

쓰레기 퀭 놈들이 감히 나와 거래를 하겠다고?

어디! 자신 있으면 내 앞에 직접 나서보라고 해!

슈슈슉

으어어어…!

우와아앗!

착

착

하아

하아

다… 당신이 고산 공작?

뭐냐, 네놈은?

195

난…
우라노의
무혈사신…

다이크라고
한다!

무혈사신?

…그렇게
안 보이는데?

잘 들어, 불청객!
어떤 특기를 가졌는지는
몰라도

자신을 지나치게
과신하고 있는 거야.

네 눈 앞에 보이는
여기 내 백 명의 경호원들…

전부
하이퍼 쿵이라고!

크윽! 크크크…

하이퍼 쿵?

그렇지 않아도…

방금
한 놈 치우고 오는
중이야.

A.E.

맙소사, 대체 무슨 일이…

택배 기사들 파업이 폭력 시위로 번졌다던데…

정확한 속내까진 모르지. 어쨌든 지금 저 사태로

실버퀵 다른 지구의 대형 물류 업무까지 전부 마비된 모양이야.

부득이하게 직간접적으로 우리 쪽 물류 일정에 차질이 생겨 바쁘구나.

여기, 서류 검토하는 일 네가 좀 맡아야겠다.

틱

네? 형, 저 학교 과제 때문에…

엄살 떨지 마. 시간 얼마 안 걸려!

아, 학과 공부에 전념해야 되는데…

잘도 그런 소릴… 인마! 배 속의 아이가 웃겠다.

그거야 사랑이 넘쳐나는 학생 부부라 그렇죠.

제수씨는 어때? 이곳 테라에서의 생활이 마음에 드신대?

그럼요. 제가 머슴으로 살고 있으니…

!

형, 그럼 서류 검토 끝나는 대로 바로 보낼게요.

그래, 제수씨께 안부 전하고.

199

왕이시여, 이것은

제 주인이신 카라바스 후작의 선물입니다.

선물을 바친 뒤 왕과 공주가 근처 강가를 지날 거라는 사실을 알게 됐다.

장화 신은 고양이는 방앗간 아들에게

주인님,

임금님 일행이 이제 곧…

……

헉! 뭐야? 방금 뭔가 움직였어!

하하하… 뭔가라뇨?

우리 아가한테 그게 무슨 말이에요?

워어어… 또 움직여!

자상한 아빠한테 인사하는 거예요.

200

A.E.

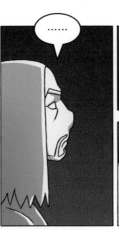

......

꾸욱

알러뷰, 메이!

메이 체리
블라섬!

......

보고
싶다…

메이,
잘 지내고
있을 테지?

외삼촌을 통해
안부는 종종
듣고 있어.

딱히 관심은
없겠지만… 나도
잘 지내.

내 이름은

고드,

나는
행성 벨라의

사랑의 신!

A.E.

퍽

퍽

퍽

퍽

퍽

퍽

어허… 우리 친구 잘하던데 갑자기 왜 이러실까?

더… 더 이상… 아이한테

그런 짓 하고 싶지 않아!

자기가 하고 싶은 일만 하고 살 순 없어.

그렇게 싫다면야 네놈 목을 당장 날려버릴 수밖에…

쓱

쓱

애플 멤버들에게 에브라임 쿵을 찾자고 전했더니

출항 직전에 제보가 들어와서 널 다시 불렀다.

에브라임 쿵과 관련된 상황을

우연히 목격했다는 주장이…

뭐야, 너? 얼굴빛이 영 아닌데? 무슨 일 있어?

!

무슨 일은…

너 같으면 양팔이 부러졌는데 괜찮겠냐?

……

그 때문이라면 상관없고… 알았어.

웃차차! 자, 일정 조정 끝났으니 이젠 정말 출발이다!

잘 다녀와.

......

물론,
폭로할 시기와 순서는
제트 군이 내게
복종하는 태도를 봐서
결정할 거야.

네 친구처럼!

랜돌프… 반드시
놈은 내가 먼저
잡아야 해.

다행인지 불행인지
놈은 에브라임과
관련이 있다.

그래서 말인데
우선 너희…

애플 말이야…

좀 더 적극적으로
움직이란 말이야.

미지근한 건
정말 싫다고. 뜨겁거나
차게 굴란 말이다.

혹시 또
누가 알아? 내가
도움이 될지…?

하아아…
이 빌어먹을
강아지 새끼!

대체 무슨
속셈이지?

대체 무슨
꿍꿍이냐고!

타
다
닥

！

스
윽

시… 싫어!
그만해요!

도대체 저한테
왜 이래요?

아, 진짜…

이것들은 왜 꼭 밥에다 콩을 넣어? 짜증나게…

쓱
쓱

안녕!

반지 대머리가 네게 먼저 전하라고 해서…

쓱
쓱

에브라임 퀑… 찾은 것 같아.

처음엔 우연히 비명 때문에 눈여겨보게 됐는데…

동영상으로 현장을 재확인했어. 확인해봐.

틱

이 빨간 머리 꼬마…

!

꽉

뭐 하는 거야, 이놈은?

나도 대체 뭐 하는 짓인지 모르겠다. 아이의 몸을 닥치는 대로 꼬집고 있어.

이 자식이…

…랜돌프?

그… 그런데 이놈은 계속 꼬집기만 하는 거야?

꼬집기만이라니? 그 자식의 괴력을 고려하면

잔인할 지경이라고!

212

213

그렇지 않아도 우리 랜돌프 군의 수고에 대해

작은 선물을 준비했단 말이지.

강아지가 내게 준 단서가 사실이라면

틀림없이 놈은 랜돌프다!

홍! 잘도 그런 꼴사나운 짓을…

강아지가 시켰겠지?

대체 강아지는 뭘 하려는 거야?

됐어! 발등의 불부터 끄자! 서둘러!

스륵

강아지가 폭로하기 전에 놈을 처치할 방법을…

HANK!

……

행크…?

아, 이런… 이런… 잘못 들어왔군.

실례, 방을 잠시 헷갈렸…

A.E.

뭐야, 이거?

맛이 왜 이래?

탕

똑바로 안 해? 지금 이걸 누구 먹으라고!

냐항…

벌컥

냐하냐, 점심처럼 레시피대로 만들었는데요, 주인님.

아마도 계속 같은 걸 드셔서…

뭐? 레시피대로 만들어?

어디! 그 잘난 조리법 좀 가져와봐!

정말 거기 그대로…

……

틱
COPY

웃기지 마. 한눈팔다 뭔가 더 넣거나 덜 넣은 거야.

냐항…

다음 배달 끝나면 또 먹을 테니까 똑바로 해! 나 잔다!

……

이 레시피… 셸이 얻을 수 있는 일반 자료실 조리법 수치와는 달라.

그럼 이건 외부 정보라는 얘기…

무엇보다 이상한 건 레시피 작성 일자…

내가 의식불명일 때야.

......

......

기억 안 나.

어? 이상하다 정말 기억이… 나질 않아.

뭐야? 이게 말이 돼? 어떻게 그 부분만…

......

!

잠깐! 혹시…

야, 덴마! 오늘 귀한 아이템을 발견했는데

날 형님이라고 부르면 넘겨주지!

이게 지금 그딴 얘기나 하려고 전화질…

!

부릅

…응?

네, 감사합니다. 기두 형님.

오냐, 옛다.

우와, 이거 게임 공략집이네. 기뻐, 꺼져.

후우우… 뭐냐, 이 엄청난 암호…

뭐?

내가 언급한 에브라임 퀑을 찾았다고?

제1부 마침.

DENMA 5

ⓒ 양영순, 2016

초판 1쇄 발행일 2016년 2월 15일
초판 4쇄 발행일 2022년 7월 29일

지은이   양영순
채색   홍승희
펴낸이   정은영
책임편집 이책
디자인   손봄(김원경, 홍지은)

펴낸곳   (주)자음과모음
출판등록 2001년 11월 28일 제2001-000259호
주소   10881 경기도 파주시 회동길 325-20
전화   편집부 (02)324-2347, 경영지원부 (02)325-6047
팩스   편집부 (02)324-2348, 경영지원부 (02)2648-1311
E-mail   neofiction@jamobook.com

ISBN 979-11-5740-130-7 (04810)
     979-11-5740-100-0 (set)

이 도서의 국립중앙도서관 출판예정도서목록(CIP)은 서지정보유통지원시스템 홈페이지
(http://seoji.nl.go.kr)와 국가자료공동목록시스템(http://www.nl.go.kr/kolisnet)에서
이용하실 수 있습니다.(CIP제어번호: CIP2016001183)

이 책에 실린 내용은 2011년 7월 24일부터 2012년 1월 27일까지 네이버웹툰을 통해 연재됐습니다.